Sakura Família!
Hikaru Sugii / Yudesoba Ichijinsha Pocket Edition

祐太
Yuta
ガブリエル
Gabriel

るーしー
Lucy
砂漠谷エリ
Eri Sabakutani
砂漠谷レマ
Lema Sabakutani

目次／Contents

さくらファミリア！

杉井光

一迅社文庫

挿画：ゆでそば
口絵（見開き彩色）：雁歌
デザイン：kionachi(komeworks)

1　安息日

話せば長くなるけれど、ぼくの家族は高校一年生の二月に、まず一人もいなくなった後で、突然五倍に増えた。全とっかえである。新しい面々は聖少女と聖少女と大天使と大魔王だった。聖少女って二回言ってない？　とか、頭大丈夫？　とか思われるかもしれないけど、全部ほんとうだから困る。我が家は二階建てのわりと大きめな一軒家なのだけれど、余っていた部屋はみんな埋まってしまった。

さしあたって困るのは食事の支度《したく》の手間だった。弁当も作らないといけないので、起床は朝六時。布団をもそもそ抜け出して、冷えきった階段を下りると、なんだか焦《こ》げ臭いのでいやな予感がする。まだあたりは真っ暗で、台所の電気だけがついていて、金色の髪がその灯《あか》りの下でせわしなく動き回っているのが見えた。

「なにしてんのエリ……」

「わ、わわっ」

びくんと長い髪を跳ね上げて振り向いたエリは、あわてて後ろ手になにかを隠した。流しの中でがしゃんと音がする。ぶかぶかのパジャマの袖《そで》を振り回して、エリはあせりまくる。

「なんでもないの、ええとっ」

ぼくは流しをのぞき込んだ。真っ黒に焦げた小鍋《こなべ》がぶすぶすとくすぶっている。こびりついているのは、どうやら煮干《にぼ》しの残骸《ざんがい》だ。これはひどい。

「エリの手も一緒に焦げたりしてない？　大丈夫？」

「してない！」

「どうやったらこうなるんだよ。なにしようと」

「朝食作ろうと思って、だって、居候《いそうろう》だしそれくらい」

この娘やその妹、他にも色々我が家に押しかけてきた連中と、暮らし始めておよそ一月。諸々の家事は全部ぼくがやっていた。こっちは全然気にしてなかったけど、世話を焼かれる方はそうでもなかったらしい。

「エリは料理下手なんだから――」

「わっ、わたしの料理は教会では評判よかったもん！　神父さまも、エリの作ったもの食べると目玉が飛び出るとか入れ歯が飛び出るとか言ってた！」それ褒《ほ》めてないから。

ぼくはエリを押しのけて鍋に水をかける。金属たわしで焦げを洗い落としていると、服の裾《すそ》を引っぱられた。

「わたしも、なにか手伝う……」消え入りそうな声。

「なんにもし」ないで、と言いかけて、エリの手がぼくの服をものすごい力でねじり上げているのに気づき、首をすくめる。「……じゃあ洗濯してきて」

でもエリがダイニングキッチンを出ていって五分後、洗面所の方からがたがたっという地震みたいな音が聞こえてきて、ぼくは急いでリビングを飛び出した。

「どうしたのっ」

洗面所の床にエリがへたり込んでいて、下着やシャツが頭からぶちまけられたように散乱している。これはちょっとその……だれかに見られたら色々誤解を招きそうな光景なので、ぼくはひるんでしまう。

「洗濯機が爆発した」と、エリは泣きそうな目で言う。

「えっえっ」ぼくは思わずあたりを見回す。「ま、また悪魔？　どこ？」

「そこのボタン押したら」

「これ脱水《だっすい》ボタンだよ！　こんなにいっぱい服入れて最初から脱水したら壊れるよ、いいかげん洗濯機の使い方くらい憶《おぼ》えて！」

エリはしょんぼりと床に両手をつく。ほんとに泣きそうになるので、ぼくはあわててエリのそばにかがみ込んで、頭や肩に引っかかった洗濯物をとってやる。って、これエリの下着じゃないか。エリは顔を真っ赤にしてぼくの手からパンツをむしり取って尻の下に隠した。

ぼくはため息をついて立ち上がり、エリの方を見ないように背を向ける。

「あのさ、そんな無理して家事やらなくても」ぼくの手間が増えるし。

「わたしは祐太《ゆうた》に宿借りてるだけなんだから！　ちゃんと働くの！」

そう言ってエリは、散らばった洗濯物をかごに詰め込み始める。

その言い方は、少しだけさびしかった。

たしかにエリのほんとうの家は、地上げされちゃって、今はもうないのだけれど。


台所に戻って弁当箱に唐揚《からあ》げを詰めていると、だれかがいきなり背中から抱きついてきた。背骨にぐりぐりと顔を押しつけられる。

「な、なにっ？」

振り向くと、白銀《はくぎん》の髪に、エリと同じ顔――だけれど、ちょっと眠たげで垂れがちの目。双子の妹、レマだ。もう学校の制服に着替えている。

「寒いのに朝からがんばる祐くんをあっためにきた。おはよう！　今日もいいにおい！」

レマはぼくのワイシャツの胸に鼻頭《はながしら》をこすりつけてくる。やめろ。ほらほらエリが洗濯物干しながらにらんでるし。

「朝からひっつくな」と、ぼくはレマを引っぺがす。

「夜ならひっついてもいいの？」

「その理屈はおかしいと思う！」

「だって祐くんは家事でいつもくたびれてるのに、夜布団の中でわたしがくっついてたら眠れなくて困るでしょ。そしたら朝くっつくしかないよ」

「む……そう、かな？」

「そう。しょうがないの」

「しょうがなくない！」いつの間にか近寄ってきていたエリが、レマの首根っこをつかんで引っぱった。「レマ、こいつはわたしたちの敵なの、忘れないで！」

「敵じゃなくて裏切り者でしょ？」

「だから敵！」

「エリちゃん、わかってない。裏切り者ってことは、もともとわかり合えてた時期があったんだから。七の七十倍赦《ゆる》しなさいってイエスさまもおっしゃってる。ちゃんと話し合って、ぎゅうって抱きしめて、赦せばいいの」

レマはエリをぎゅうっと抱きしめた。エリは頬を赤らめて妹の腕をほどく。

「……もう、そんなのいいから洗濯物手伝って」

「うん」

なんだかんだで仲が良い姉妹だなあとぼくは思う。

「エリちゃんはそんなに祐くんに借り作りたくないの？　教会じゃお掃除もお洗濯もオルガンのふいご踏みも大きらいだったのに、ここ来てからすごく真面目《まじめ》」

「だって、わたしは祐太を殺しに来たんだよ？　家賃も払ってるわけじゃないんだから、家の仕事くらいやっておかないと、心おきなく殺せない」

実際に殺されかけているぼくは、エリの言葉を笑い飛ばせない。

「じゃあエリちゃんもくっついて寝る？　添い寝は立派な仕事だってガブリエルが言ってた」

「あの人の言うことまともに聞いちゃだめだよ！」とぼくはあわてて止める。ガブリエルさんは二人の保護者なのだけれど、セクハラすることしか考えていない、ろくでなしである。

「わたしが祐くんの右側でエリちゃん左側。片側だけだと気になって眠れないかもしれないけど、両側からサンドウィッチなら大丈夫」

ごめん、その理屈は意味がわからない。

「くっついて寝てればすぐ殺せるし、わたしもそれ止められるし」

「レマが止めるんならなんにも意味ないじゃない」

「じゃあエリちゃんだけ祐くんとくっついて寝たいってこと？」

「ば、ばかっ！　そんなこと言ってない！」

ちょうどダイニングのテーブルに朝食を運ぼうとしていたぼくは、二人の喧嘩《けんか》に巻き込まれて、あやうくサラダボウルを落っことすところだった。

アジの開きがちょうど焼き上がった頃に、ちっこい人影がてとてとダイニングに入ってきた。ぼくが貸した黒いTシャツいっちょで、肌が黒くて髪も青みがかっているので、そのまわりだけまだ夜が明けてないみたいに見える。

「おはよ、るーしー」と、ぼくは味噌汁を椀《わん》に分けながら声をかける。

「ん、む、みな早いな」

るーしーは、幼い女の子の外見にまったく似つかわしくない仰々《ぎょうぎょう》しい口調で言って、眠たげな目をこすり、ぽてっと食卓の椅子に座った。

ぼくらが食卓につくなり、待ちかねたるーしーが皿に手を伸ばしたので、エリがその頭を引っぱたく。

「るーしー、お祈《いの》りもしないで食べないの」

頭を押さえながらるーしーは牙《きば》をむく。

「るーは万魔《ばんま》の王じゃ、おまけに腹が減っておる！　なぜにいと高き者なぞに祈らねばならぬのじゃ！」

「いいからお祈りくらいおとなしくしなさい、ゆで卵むいてあげないよ？」

「うぅー」とるーしーは涙を浮かべてエリをにらむ。毎朝繰り返されている光景だ。このちみっちゃい女の子は神様に恨《うら》みがたっぷりあるので、食前のお祈りを嫌がるのだ。

「ほらほらるーしー、ちゃんと手合わせて」

レマがるーしーの後ろから腕を回して、強引にその小さい両手を組み合わせさせる。

「やめんか、ばかもの！　はなせ！」

ぼくとエリは気にせず席についた。エリは両手を握《にぎ》り合わせて目を閉じる。

「天に在《まし》ます我らが父よ、今日の糧《かて》を与えてくださったことに感謝します。アーメン」

レマが「アーメン」を復唱するので、ぼくも一応それにならう。るーしーはレマにつかまえられたまま、むっと黙り込んでいる。

「言わないと食べちゃだめだよ？」とレマはるーしーの耳元で囁《ささや》く。

るーしーはぶすっとした声でつぶやいた。

「……ラーメン」

「祐くん、るーしーはラーメンが食べたいんだって」

「そんなこと言われても……ラーメンなんてうちにないよ」

「じゃあしかたないね、朝食抜きだね」

「お、おのれ！　言えばいいのじゃろ！」

るーしーは手足をばたばたさせてレマを振り払い、あーめんあーめんと連呼《れんこ》した。その後、テーブルの上の食べ物は飢えた魔王によってほとんど一瞬で蹂躙《じゅうりん》し尽くされてしまった。

「祐くん、早く早く！　電車間に合わない！」

玄関の方からレマが急かす。ぼくは流し台に大量に積み上げられた皿や丼《どんぶり》を、ようやく三分の二まで洗い終えていた。汚れ物を放置して学校に行くのはなんだかいやなのだ。

「洗い物くらい、るーがやると言っておるのに」

ぼくの足下にぺったりと座ったるーしーが、頬をふくらませて言う。

「でも流しに手が届かないでしょ」

「ばかもの！　ちゃんと届く！」

るーしーは立ち上がって背伸びをし、それからぴょんぴょん跳び上がって背丈《せたけ》をアピールした。たしかに届かないわけじゃないけど、シンクのふちが肩の高さなので、洗ってる最中にぜったいに皿を落っことして割っちゃうだろう。

「もっと大きくなってからね」

洗い物を終えたぼくがるーしーの頭をなでると、ちっちゃな魔王はますますむくれてしまう。

それでも、鞄《かばん》を持ったぼくの後を、ちょこちょこと玄関までついてきた。

エリとレマは二人とも制服姿。三人そろって学校に行くのは今日がはじめてのことだ。なんかこう……日本人離れした髪の女の子二人が、見慣れた制服を着てるところを見ると、三歩退がって合掌《がっしょう》したくなるような奇妙な迫力がある。

「な、なに？」

思わずまじまじと見つめてしまったぼくの視線に、エリはちょっと恥ずかしそうにうつむいて、埃《ほこり》もついていないスカートを何度もはたく。レマは制服が届いたその日から大喜びで何度も着て見せてくれたけれど、エリの学生服姿ははじめて。

「どうせ似合ってないでしょ。こんなの着たことない」

「え、あ、いや――」

そんなことはなかった。うちはキリスト教系の私立校だから、制服もシスターっぽくて、二人には尋常《じんじょう》ではないくらい似合う。

「戦いになったら、どうせこんな服びりびりになっちゃうし。……そもそも、学校なんて行かなくてもいいのに」

そう言ってエリは、制服の裾をたぐって、痛々しいくらい白いわき腹をちらと露出させる。

ぼくはあわてて目をそらした。そこには、ほんのりと赤い傷痕《きずあと》がある。

ぼくがなんて言葉をかけようか迷っていると、いきなりレマがエリに飛びついた。

「エリちゃん、脱いで！　あたしと制服とりかえっこしよう！」

「な、なにっ？　なんでっ、ちょ、ちょっと離して！」

「だって祐くんは、あたしのは似合ってるって言ってくれたから。取り替えようよ、きっとエリちゃんにも似合うよ」

「制服なんだから両方同じに決まってるでしょ、きゃ、や、やめなさい、ばか！」

「玄関先で脱がすな！」とぼくは思わず叫んでいた。

「……外ならいいの？」

「その理屈もおかしいと思う！」

ほんとうにレマがエリを連れて（脱ぎかけで）玄関を開けようとしたので、ぼくは泡を食って止めに入った。ぼくら三人がもみくちゃになっていると、なぜかるーしーが駆け寄ってきてぼくの腰にしがみつき、いきなり腕に噛《か》みついた。

「痛っ」

「こら、るーしー！　むやみに祐太に噛みついちゃだめって言ってるでしょ！」

エリが眉をつり上げる。

「るーをほっておいて楽しそうなのは腹が立つのじゃ」

「べつに楽しんでないよ……」

自分の声が泣きそうになっているのを情けなく思いながら、ぼくはエリに抱きついたレマを引きはがし、るーしーを廊下《ろうか》に押し戻す。

「それじゃ行ってくる。お昼ご飯は冷蔵庫に入ってるから」

「るーも学校に行きたい……」

すがりつくような漆黒《しっこく》の瞳。

「勝手に行けば。予備の制服あるし」とエリは冷たい。

「いや、無理だってば、どう見ても高校生じゃないし」

「るーしーの首に紐《ひも》つけて、ちょっと大きめの携帯ストラップだって言い張ればみんな納得してくれないかな」とレマ。

「ばかもの！」

るーしーはレマをぽかぽか殴った。

「あのさ、ガブリエルさんに頼んで、るーしーも小学校に行けるようにしてもらおうか」とぼくは言ってみる。

「祐太と同じ学校に行きたいのじゃ」

大粒の瞳をうるっとさせて、るーしーはぼくのブレザーの裾を握《にぎ》りしめる。いや、無理なものは無理だし……。

「よい。わかった。熾天使《してんし》の身体を取り戻した暁《あかつき》には、六対の翼でもって祐太と一緒に学校に行ってやる。覚悟しておれ！」

ちみっちゃい堕天使《だてんし》は野望もちみっちゃかった。がんばってね、とばかりに頭をなでるレマの手を振り払って、るーしーは居間の方に引っ込んでしまった。

玄関を出て、門を走りすぎようとしたとき、郵便受けに入っていたそれに気づく。

水色の封筒。『三十銀貨財団』とプリントされている。返済明細書だ。

債務《さいむ》残高《ざんだか》も確認せずに握り潰《つぶ》すと、ポケットに押し込む。

「……今、いくらだって？」

エリが振り向いて訊いてくる。ぼくは首を振った。

「知らない。気にしてないよ。どうせ今もどこかで、あのクソ親父がせっせと借金増やしてるんだ。返すもんか」

絶対に踏み倒してやる。

不安げな顔でぼくのポケットを見つめるエリの背中をぽんと叩くと、ぼくはレマの後を追って走り出す。

このふざけた運命がいつから決められていたのかは、わからない。エリたちの言葉をまるまる信じるなら二千年前ってことになる。

でも、ぼくにわかる限りでは、ほんの三週間前——二月のはじめ。

父が唐突に失踪《しっそう》したあたりから、この物語は始まる。

2　聖少女

父が失踪《しっそう》することは、実は前からわかっていた。

もちろん父は魔術師だったから、いつ消えたり灰になったりしてもおかしくなかった。魔術師っていっても手品師《マジシャン》のことではない。ほんものの魔術師だ。ぼくは子供の頃から、父が悪魔を呼び出そうとして黒こげになったり、メイドをやらせるための淫夢魔《サキュバス》を合成しようとして変なスライムを作っちゃったりするところを目撃してきたから、この現代にも、ろくでもない魔術というものや、悪魔なるものがちゃんと存在することを知っていた。そして、いずれ父がひどい死に方をするにしろ、どうかぼくにとばっちりがありませんようにといつも祈《いの》っていた。

でも、むなしい願いだった。なにせ、父がわざわざ騒動の種をばらまいて、ご丁寧にそれをぼくに説明してから消えやがったからだ。

その日ぼくは、召喚《しょうかん》の儀式でどろどろに汚れた地下室の掃除を終えて、ぐったり寝ていた。真夜中に帰ってきた父は、ぼくのベッドの布団をめくり上げてなにかを突きつけてきた。

「祐太《ゆうた》くん祐太くん。クリスマスプレゼントをあげます」

ぼくは、ぼんやりした目をこすって、日干しした大根に眼鏡をかけたみたいな、父の顔を見つめる。

「……あのさ、眠いんだけど。あと、もう二月なんだけど」

「救世主の誕生日が十二月二十五日というのはコンスタンティヌス帝が当時ローマで最大勢力を誇っていたミトラス教徒をキリスト教に取り込むために彼らの冬至祭《とうじさい》の日付に降誕祭《こうたんさい》をこじつけただけで証拠はないんですから――」

「うんちくはいいから寝かせてよ」

「祐太くんは、寝てるときに耳元でうんちくを囁《ささや》いてもなんともないのに、どうして起きてるときには文句を言うのですか？」

「ンなことしてたのかよ変態！　やめてよもう！」どうりで最近、夢見が悪いわけだよ！

「祐太くんには跡継《あとつ》ぎとして、せっかく睡眠学習による英才教育を……」

魔術師は全然稼ぎにならないので、父はノンフィクションライターとしてうさんくさいオカルト本を乱発して生活費を稼いでいた。どっちも金輪際《こんりんざい》継ぐ気なんてなかった。

「しかたないので、このプレゼントもお父さんが読んで聞かせてあげます」

どうやらプレゼントというのは本らしかった。太宰治《だざいおさむ》、という作者名が表紙にちらっと見えた。なんだろうこれ、新しい家庭内暴力だって言ったら警察は動いてくれるかなあ。

父が朗読《ろうどく》しやがったのは『駈込《かけこ》み訴《うった》え』という短編だった。神の御子《みこ》を裏切った、イスカリオテのユダのお話。最後の晩餐《ばんさん》の後でユダが、主をお役人に売り渡すときに長々ぐじぐじ喋るだけの小説だ。

「どうでしたか祐太くん」と、読み終わった父が訊いてくる。

「眠い」

「いえ、ですから感想を」

「腹立つし哀しいしすごく後悔してる」

「お父さんの息子に生まれたことの感想じゃなくて小説の感想です」

「自覚してんなら出てけ！」

子供みたいにむくれた父がもう一度最初から朗読しようとしたので、ぼくはしかたなく感想を言ってやった。

「ユダがうざい。考えてることがころころ変わって。あと、なんか主のことを愛してるの愛してないのって、そのへんがほんとに気持ち悪い」

「うーん、そうかもしれません。でもね祐太くん」

布団の中に引っ込んだぼくの頭を、父の手がぽんぽんと叩く。

「よく宗教画にあるような、あのひげ面のやせたおっさんなら、たしかに気持ち悪いかもしれません。でも、もし神の御子が可愛い女の子だったらどうですか？　ユダの気持ちも少しはわかるんじゃないですか」

なに言ってんだこいつ……。

「お父さんは、もしそうだったら、正直かなり興奮します。ああ、いけません、ちょっと血が集まりすぎて気持ちが悪くなってきました」

おまえが気持ち悪いわ。ぼくはベッドから父を蹴落《けお》として、部屋を追い出した。

「いや、いやいやいや、ちょっと待ってください祐太くん、これは大事なお話なんです！」

ドア越しに父の必死な声。

「祐太くんの将来に関わることです、お願いですから開けてください」

ぼくが無視して寝ようとすると、さめざめと泣き始める。やめてくれ。しょうがなくぼくはドアを開けてやった。父は膝歩《ひざある》きでまた部屋に入ってくる。

「突然こんなことを言われて困るかもしれませんが、祐太くんはイスカリオテのユダの生まれ変わりです。おめでとう」

「出てけ」

「だから大切な話なんですってば！」

頭が痛くなってきた。なんでこんな父親と生活してて、今まで脳みそが無事だったんだろう。不思議でしょうがない。

「祐太くんは今、真夜中にくだらん冗談を言う父親を持った不幸を嘆《なげ》いているのでしょうが」

それが読み取れるなら、ほっておいてほしいと思ってることも読んでくれないかな。

「さらなる不幸は、実はこれが冗談ではないということです。あっはっは。おっと、冗談ではないので笑えませんね。同情します」

「悪いのはあんただろうが！」

「ともかく祐太くんはユダの生まれ変わりです。お父さんの息子だという事実もあきらめて受け入れられるのですから、これも受け入れましょう」

「受け入れてないよ！　拒否できるならするよ、今すぐ即刻ただちに！」

「今後、祐太くんの元には天使だの悪魔だのがいっぱい寄りつきますが、ユダの記憶を早く取り戻して、世話してやってください。お父さんの世話ができた祐太くんなら楽勝ですね」

説得力がありすぎて声も出せないよ！

「なぜかというとお父さんはしばらくしたらいなくなります。今生の別れです」

「……はあ」もう、いちいちつっこむのも疲れてきた。

「理由はいくつかあります。人生に疲れた、若き日に死に別れた愛する妻に逢いたい、虚栄ばかりの世間に絶望した、借金で首が回らなくなった」

「またそうやって、でたらめばっかり……」

「ちなみに借金のところだけほんとうです」

「そこはでたらめでいいよ！」

「実は、最近サタンを喚《よ》び出そうと研究を重ねてきたのですが失敗続き、経費がかさんで、ついには夜逃げしなくてはならなくなりました」

「経費ってなにッ？　じゃなかった、サタンってなにッ？」

「地獄の最下層、嘆きの川《コキュートス》につながれた――」

「いや、それは知ってるけど、なんでそんなもん喚び出そうと」

父は肩をすくめ、物憂《ものう》げにため息をついた。

「人間だれしも一度は、わかりあえぬ大人からの束縛《そくばく》を離れてサタンを召喚したく」「ならないよ！　青春の通過儀礼みたいに言わないでよ！　ていうかあんた大人だろうが！」

「ということで、祐太くんには今から、オカルト本の書き方を伝授しますから、がんばって稼いでください。年に二十冊も出せば元本《がんぽん》が減っていくでしょう」いくら借りたんだよ……。

「いや、無理だから。そんなもん書けるわけないでしょ」

「なあに平気です。お父さんが開発したこの『オカルト本執筆チャート』にしたがって、サイコロを振って文章をつなげていけば、すぐ一冊書けます」

こんな表だった。

1：ノストラダムスからパクる
2：アレイスター・クロウリーからパクる
3：澁澤龍彦《しぶさわたつひこ》からパクる
4：まんが日本昔話からパクる
5：とりあえず世界滅亡させとけ
6：ふりだしに戻る

「……読者馬鹿にして、悪いと思わないの？」

「大丈夫、読者よりもお父さんの方がもっと馬鹿ですから」

なんのフォローにもなってないよねそれ！

これが父との最後の会話になった。最悪から数えて三番目くらいのひどい別れ方だと思う。

その翌日に、父はほんとうに夜逃げしたのだ。

出版社の編集さんから、「石狩先生が、息子さんに家業を継がせたと言って消えちゃったんですけどほんとうですか！」と電話がかかってきたので、ぼくはその番号を着信拒否にした。

あの野郎、ほんとに消えたのか。なに考えてんだ？

というか、これからどうしよう……。

生活費のあてもないし。貯金が尽きたらおしまいだ。おまけに、父の部屋のあちこちから大量の借用証書《しゃくようしょうしょ》が見つかった。貸し主はすべて、『三十銀貨財団』という、うさんくさいところだった。見つかる範囲で合計しただけでも、家が建ちそうなくらいの金額。

あと、担保《たんぽ》のところに、この家や土地と一緒に、ぼくの名前が書いてあった。見間違いかと思って三回確認したけど、たしかにぼくの名前だ。なんじゃこりゃ。

どう見てもまともな金貸しじゃない。親が勝手に作った借金を子供が返す義務はない、なんて理屈が通用する相手じゃなさそう……。ぼくの人生はもう崖っぷちだった。

まあ——いいや。もう、どうでも。

次の日からもぼくは、まったくなんにもなかったみたいなふりをして学校に通った。父の失踪については、警察にも届けなかったし、父の実家(勘当《かんどう》済み)にも学校にも報《しら》せなかった。だって、台所にも書庫にも、召喚具《しょうかんぐ》とか、瓶詰《びんづ》めの悪魔とか、失敗作の異形生物とか、触るだけでやばい魔術書とかがごろごろしている。だれかに見られたら困る。

取り立てでもなんでも、勝手に来ればいいよ。

そんな捨《す》て鉢気味《ばちぎみ》な、二月のはじめ。

やってきたのは、取り立てどころか、もっとひどい騒動の種だった。

＊

図書委員会で大量の古書を虫干《むしぼ》しして、書庫の掃除までしたせいで、その日は帰りが遅かった。駅を出たときには空は真っ暗で、商店街を抜けるとぱったり人通りも灯りもなくなる。寒さも急に増したような気がして、ぼくはダッフルコートの前をかき寄せて、家路《いえじ》を急いだ。

家の門を引いて庭に入ったとき、玄関の前に、なにかの影がうずくまっているのが見えた。ぼくはぎょっとして庭の真ん中で立ちすくむ。街灯のかすかな明かりが、ちらと金銀の髪の光を返す。

……人?

だれかが玄関のドアの前にしゃがみ込んでいる。一人じゃない。二人だ。両方とも服は暗い色合いで、襟《えり》だけが白い——そうだ、頭巾はしていないけれど、修道女の服だ。片方が膝を立ててしゃがんでいて、その肩に頭を預けてもう一方が眠っているように見える。

眠っている方の身体をドアにもたせかけて、一人が立ち上がった。二つに束ねた金髪が流れ落ちる。同い年くらいの、燃えるような瞳が印象的な女の子だった。可憐《かれん》な——というにはあまりに目つきが凶暴すぎる。ぼくは思わず後ずさる。だ、だれ？　なんでうちにいるの？

「あなたが、ここに住んでる人？　名前は祐太？」

女の子が低い声で訊ねた。

ぼくの名前を——知ってる？

「そ、そうだけど……」

「わたしを、憶《おぼ》えてるでしょ？」

「……え？」

訊かれて、ぼくはその娘の顔をまじまじと見つめる。夜の色がそのまま染み通りそうなほど透き通った肌は、明らかに日本人じゃない。憶えているかって？

こんな綺麗《きれい》な女の子を知っていたら——忘れるわけがない。

ぼくが答えを声にできずに首を振ると、その娘は目を見開く。

「お……憶えてないのっ？　ほんとに？　わたしは憶えてるのにっ？」

「え――」

「ちゃんと思い出して！」

「い、いや……知らないってば、ほんとに」

色んな感情が、半分闇に沈んだ彼女の顔をよぎった。目を伏せて、唇をぎりっと噛《か》むのがわかった。なんで？　なんでこんなに、哀しそうだったり、怒ったりしてるの？

「マタイ福音書《ふくいんしょ》か使徒《しと》言行録《げんこうろく》か選んで」と彼女が言った。

「……は？」

ぼくはもう声も満足に出せないくらい混乱していた。なに言ってんだこいつ？

「頸の骨を折って死ぬか真っ二つに引き裂かれて死ぬか選べって言ってるの」

「な……」

彼女が芝生を踏んで、一歩ぼくに歩み寄る。街灯の光の中に出てきた彼女は、その手になにか長い棒状のものを握《にぎ》っているのがわかった。金属製らしき刃の先端がぎらつく。

槍《やり》だ。

ぼくの脳みそはもうそのとき沸騰《ふっとう》寸前だったので、槍じゃあ頸《くび》の骨折るのも真っ二つに引き裂くのも無理じゃない？　みたいなことを考えていた。その女の子は、切っ先をぼくに突きつけて、一歩、また一歩、近づいてくる。

「ちょ、ちょっと待って、なにが――」

「エリちゃん！　帰ってきたら起こしてって言ったのに！」

声がした。眠っていたもう一人が、いつの間にか起き上がっていて、槍を持った娘のすぐ背後に立っていた。ぼくは二人並んだその顔を見て、ぞくりとしたものを背筋に感じる。

束ねていないストレートの銀髪に——同じ顔。

双子？

「だめだってば、いくら祐くんでも刺したら死んじゃうよ！」

そう言って、銀髪の娘はいきなりぼくをかばうように抱きついてきた。首に両腕が回されて胸が押しつけられるので、ぼくは息が吐き出せなくなるくらいびっくりする。すぐ目の前に透き通って柔らかな髪が、儚《はかな》げに白いうなじがあって、あわてて顔をそむけようとすると鼻先がその娘の耳に触れそうになって、ぼくは固まってしまう。

「当たり前でしょ殺しに来たんだから！　御子さまだって『その者は生まれなかった方がよかった』っておっしゃってる。どきなさいレマ」と、金髪の方が言った。レマと呼ばれた銀髪の方の少女は、ぼくの首に回した腕にぎゅううっと力を込める。

「だからって殺していい理由にならないよ？　生まれなかった方がいいのと、死んだ方がいいのはちがうよ。祐くんだってきっと、こんなぼーっとした顔だけど、ろくでもない人生をせいいっぱい生きてるんだから！」大きなお世話だ。そんなにせいいっぱいじゃないけど。むしろいっぱいいっぱい。とくに今が。

「またレマはそうやって混ぜっ返すんだから。じゃあどうすればいいの、こいつは裏切り者なんだよ。おまけに守銭奴《しゅせんど》だし！　借金かぶせられたのはこいつのせいなんだからね、あとサタンが憑《つ》いてるし、殺すしかないよ」

「それヨハネ福音書でしょ。他のには書いてないよ。あの人は個人的に祐くんのことがきらいだったんだよ。わたしは大好きだもん」

「そういう問題じゃないから！」

「殺したって借金は消えないでしょ！」

ようやくレマはぼくを解放してくれた。ふううううっと息をつく。ずっと触れ合っていた肌の感触が残っていて、まだどきどきしてる。落ち着け、落ち着け。

二人は庭の芝生に膝を突き合わせて正座し、ぼくを放置して意味のわからん議論を始めた。それでようやくぼくの頭も冷えてくる。なんなんだこいつらは。

おまえらはいったい何者だと訊こうとしたけれど、口を挟める状況ではなかった。途方に暮れてしまう。でもそのうち、馬鹿馬鹿しくなってきた。なんでぼくが、いきなり押しかけてきたこんなわけのわからない双子の相手をしなきゃいけないんだ。

ほっておこう。

どうやらぼくを擁護《ようご》しているらしいレマの背中側をそうっと通って、玄関に向かった。

「エリちゃん、祐くん中入っちゃったよ！」

「レマがばかなこと言ってるから！」

閉めた玄関のドア越しに、二人の口喧嘩《くちげんか》がずっと聞こえていた。一瞬、警察を呼ぼうかとも思ったけど、どう説明すればいいのかわからないし、めんどくさいのでやめた。

『わたしを、憶えてるでしょ？』

エリと呼ばれていた方の、あの言葉を思い出す。わからない。どこかで逢ってたのかな。ひょっとして、と思う。消えちゃった父と、なにか関係あるんだろうか。わけのわからないことをいっぱい喋っていたけれど——あれは、聖書の話だった。なんで聖書？　シスターに恨《うら》まれる憶えなんてないぞ？

それに、なんか、ぼくのことを……大好きとか……いや、待て、あれも聖書の話じゃなかったか？　でも祐くんて言ってたっけ？　あれはぼくのこと？　どんどん混乱してくる。

抱きついてきたレマの体温をまた思い出してしまい、しばらくぼくは玄関口にうずくまって頭を抱え、悶々《もんもん》としていた。

けっきょくぼくはくたびれていたので、それ以上考えるのをやめた。ひょっとしてみんな白昼夢だったりしないだろうか、と期待したけれど、二階の寝室に上がって、コートも着たままぐったりとベッドに突っ伏すと、窓の外、下の方から、あの双子が言い合っているのが聞こえてきた。まだやってんのかよ。

じわじわと、眠気がやってくるのがわかった。

でも、あの二人、借金とか言ってなかったっけ……？

＊

目を覚ましたとき、部屋は真っ暗だった。あのまま、寝入ってしまったのだ。着替えなかったせいか、腕も脚もなんとなくだるい。顔を上げて枕元のデジタル時計を見ると、六時半。朝だと気づくのにしばらくかかった。

昨日の夜のことを思い出す。気になって、窓を開いて庭を見下ろしてみる。ぼくの部屋の窓はちょうど玄関口の真上で、ひさしの陰に、黒い修道服《しゅうどうふく》の裾《すそ》が見えて、思わずため息をつく。

一晩中、ずっとあそこにいたのか、あいつら。

階下におりて玄関のドアを押し開こうとすると、なにかにごりっとぶつかって、「あぅっ」という声が外から聞こえた。うわ。ドアにもたれてたのか。

外に出ると、修道服の双子はぎゅうっとくっついて寒さに震えていた。

「うう、ひどいよ祐くん……おはようの挨拶《あいさつ》はもっと優しくしてほしいな」

後頭部をドアにぶつけたらしいレマが、頭をさすりながら文句を言う。

「ご、ごめん……」じゃなくて。「なんでまだいるんだよ！」

「いちゃだめ？」

レマは、まだ眠っているエリを抱きかかえて、ぼくを上目遣いで見て涙を浮かべる。ぼくはどきりとしてしまう。

「ノックしても返事なかったし、祐くん寝ちゃったみたいだし」

「いや、そうじゃなくて――」ひとん家の玄関先で野宿《のじゅく》するなよ。だいたいおまえらはいったい何者で、なんの用があってぼくのところに来たんだ。なんでぼくのことを知ってるんだ。そんな大量の疑問は、ぼくの頭の中で渦を巻いただけで、言葉にならなかった。

エリの顔が、見てすぐわかるほど赤く上気していたからだ。薄目を開けて、荒い息をつき、ぶるるっと肩を震わせてレマにしがみつき、「寒い……」と弱々しい声でつぶやく。

「エリちゃん、大丈夫？　エリちゃん！」

レマが揺さぶると、エリの腕からふらっと力が抜けて、あやうくタイル敷きの上に崩れ落ちそうになった。

こんな季節に野宿したら、風邪を引くのは当たり前だった。

「ごめんね、祐くん……」

エリを寝かせたソファベッドの向こう側で、レマは泣きそうな目で言う。

得体の知れない女の子だけれど、ほっとくわけにはいかなかった。ぼくはすぐにエリを居間に担ぎ込むと、薬を飲ませて毛布と布団をどさどさかぶせた。氷枕《こおりまくら》の上で、エリの真っ赤な顔はまだ苦しそうだ。

「そっちは大丈夫なの、熱ない？」

同じように寒空の下で野宿してたのだし。でもレマはうなずく。

「わたしは大丈夫。心配してくれてありがとう祐くん」

べつに心配したわけじゃないんだけど、うちの前で二人も行き倒れて死んだりしたら寝覚めが悪いじゃないか。

「……ねえ、祐くんはちゃんと学校通ってるんだよね、時間は大丈夫？」

レマに言われてようやく気づいた。早朝からばたばたしていたので、ふと時計を見ると、もう八時を回っていた。うわあ。

「学校、どうしよう……」

「も、もう、わたしひとりでも平気。ちゃんと看病《かんびょう》する」

「いや、全然平気じゃないから」知らない女の子を二人も家に置いて学校に行けるわけないだろうが。

「ゆ、祐くん、わたしたちのこと憶えてないの？」

訊かれて、どきりとする。エリと同じ質問。同じ顔で、同じ声で、でもレマの言葉はもっと純粋に哀しそうで。もちろん、思い出せない。

「ごめん……どこかで、逢ってるの?」

レマはまたじわっと涙目になった。

「そっか、祐くんは——思い出してないんだ。おかしいね。わたしの方は、憶えてるのに」

エリも、レマも、ぼくのことを知ってるのか。どうして?

「思い出してない、っていうか……全然心当たりないし、いきなり押しかけられて、そんなこと言われても」

「そ、そうだよね……ごめんなさい」

毛布と布団をどけて、エリの身体を起こそうとする。

「じゃ、出てく。祐くんありがとう。公園かどこかで、なるべくあったかくして寝るね」

「いやいやいやちょっと待てって!」

ぼくはレマをあわてて制止し、ぐったりしたままのエリを布団の中に押し込む。

「家に帰ればいいだろ? 遠いの?」

「……教会は、地上げで取り壊されちゃった。神父さまもシスターも夜逃げしちゃったし」

しょんぼりした顔でレマは言う。地上げ? じゃあ、宿無しなの?

レマは唇を噛んで、うなずく。

「……ああ、もう、わかったよ、一日くらい休んでもどうってことないから!」

涙の浮かんだ目で、レマはしばらくぼくのことを見つめていた。ぼくは気恥ずかしくなって目をそらす。

「……いて、いいの？　祐くんも、いてくれるの？」

ソファ越しに手を握りながらそういうことを言わないでほしい。

「そのかわりっ」レマの手を振り払う。「全部、説明して！」

「あの、祐くん」

「まず、なんでぼくのこと知ってるのっ？　思い出すとかどうとか」

レマの瞳は、また哀しげに曇《くも》った。

「これも、憶えてない？」

レマは、毛布の中に手を差し入れると、エリの左手を引っぱり出した。広げられた二人の手のひら。レマの右手と、エリの左手。そのそれぞれに、星形の皮膚《ひふ》の引きつりがあった。まるで、なにかが貫通した傷が、ふさがった痕《あと》のような。

知るわけがない。なんなんだ。首を振るぼくに、レマは嘆息《たんそく》する。

「そう、……これでも思い出せないんだ」

「ごめん……」

あまりにも哀しそうに言うので、思わず謝ってしまう。

レマはいきなりすっと立ち上がると、眠っているエリの頭の方を回ってぼくのそばに寄ってきた。ぼくのあごに手のひらをあてて、顔を寄せてくる。え、ちょ、ちょっと、なに？

フリーズしたぼくの喉のあたりを、レマの冷たい手のひらがまさぐった。

「傷痕《きずあと》、ないね……」

「……最初からないよ、傷痕なんて！」我に返ったぼくは、レマを押しのける。

「あのね、祐くん。イスカリオテのユダって知ってるよね？」

「……い、いきなり、なに？」

第十二使徒。その名前は、父も消える直前に口にしていた。師である神の御子を銀貨三十枚で官憲に売り渡した『裏切り者』。もっと馬鹿なことも言っていた。

ぼくは——ユダの、生まれ変わりだと。

「お父さんもそう言ってたの？　じゃあ、間違いないよ！」

レマはぼくの両手をぎゅうっと握って、嬉しそうにぴょんぴょん跳ねる。

「ユダはね、まだ生きてた頃、金貸しやってたの。すごく商魂たくましい人で。普通の人に貸すんじゃなくてね、使徒仲間とか、天使とか、悪魔とかそういう、普通のところから借りられない人たちに貸し付けまくってて、あ、あと御子さまにも」

「……はあ……」なに言い出すんだこいつ。

「それでね。ユダはすぐ死んじゃったんだけど、残った銀貨三十枚を資本金にして、借金取り立てのための財団が創《つく》られたの。それが——」

いや、ちょっと待て。ひょっとして。

ぼくはテーブルに置いてあった、父の借用証書を取り上げてレマに見せた。そこに書かれた、貸し主の名前を指さす。『三十銀貨財団』。

「……これ？」

「そう、それ！」

レマはまたぴょんぴょん跳ねた。ぼくは頭痛をこらえて椅子にへたり込んだ。

レマが買い物に出た後、薬とお湯を用意して居間に戻ると、ソファベッドに積み重ねられた布団がもぞもぞ動いた。エリが目を覚ましたらしい。

ぼんやりしていた目がぼくの顔に焦点を結ぶと、いきなり布団を押しのけてがばっと起き上がり、かと思ったらふらっと力を失ってまた枕の上に崩れ落ちる。

「だめだってば、まだ熱あるんだから。粉薬だけど、飲める？」

「……なんでわたしっ、こんなの着てるの」

エリは自分の袖《そで》や胸に手をやって言う。寝ている間にレマが着せた、赤いチェック柄のパジャマだ。修道服は枕元に畳んで置いてある。

「いや、こんなごわごわのじゃ寝づらいだろうし、汗もかくから」

「こ、これ、だれの？」

「母さんの。もういないけど」

枕元にお粥《かゆ》の入った小鉢を置く。エリは眉をひそめる。

「ぼくが小さい頃に、死んじゃった。親父が頭おかしくて、母さんの部屋閉めきって、服とか色々全部そのままにしてあったから」

エリの顔がすまなさそうに曇るので、ぼくはあわてて手を振って付け加えた。

「ええと、いや、だから、気にしないで使って」

「う、裏切り者にっ、そんなことされるいわれはっ」

「あのさ、それたぶん人違いじゃないかな……」

ぼくは首に手をやる。

「捜してる人は首筋にあざがあるんでしょ。ぼく、そんなのないし」

それは希望的観測、というか願望だった。でもエリは冷たく言う。

「あなたのお父さんが、同じこと言ってたんでしょ。おまけに、財団から借金してる。偶然なわけないじゃない。きっと、まだ記憶が戻ってないだけ」

どうやらレマとの会話を、聞いていたらしい。そう――なんだよなあ。父の話とこいつらの話は、ぴったり一致しちゃうのだ。

裏切りの代価の銀貨三十枚を元手に設立され、前世の借金さえも、天国や地獄の果てまでも取り立てに行くという極悪金融――『三十銀貨財団』。

ぼくや、この姉妹も、その財団に億単位の借金を抱えている。

「だから、殺しに来たの！」

「なんでっ」

「だってあなたが創った財団でしょ。あなたが死ねば借金もなくなる」

「んなわけあるか！　社長が死んだって会社は潰《つぶ》れないだろ、常識で考えろよ」

「……潰れないの？」

常識を説《と》いたぼくが馬鹿だった！

「でも、でもっ、あなたの財団なんだから、なんとかできるでしょ。あなたのせいで、うちの教会は――」

「知らないよ、そんなの……」

この姉妹は、両親がいなくて、生まれたばかりの頃に教会に拾われて育ったのだそうだ。ところがその教会の神父もシスターも三十銀貨財団に借金をしていて、ついに首が回らなくなって地上げを喰《く》らい、教会は取り壊されてしまったのだとか。

それ、ぼくのせいなのか？　ていうか、ちょっと待て。ぼくがほんとにユダの生まれ変わりだとしたら、ぼくは自分が創った財団に自分で借金してることになるの？　あまりに馬鹿馬鹿しすぎる。

「でも、それは神父さんとかシスターの借金でしょ。なんでエリとレマも負債抱えてんの」

「……御子さまもユダにお金借りてたの！　御子さまだけじゃないよ、十二使徒はみんなユダにお金借りてたんだから。お金稼げたのはユダだけで、あとはみんなニートだったの！」

「ろくでもねえ教団だな……」そりゃユダも裏切るわ。

ぼくは布団からはみ出した、エリの右手を見つめる。引きつって変色した聖痕。磔刑にかけられるとき、救いの御子の手足を釘で十字架に打ちつけた、その傷痕。

砂漠谷《さばくたに》エリ。そして砂漠谷レマ。救世主《メシア》の記憶を受け継いだ——聖少女。

だから、神の子の借金はこの二人の借金なのだそうだ。アホか。

「ユダの記憶が戻って、借金がなんとかなったら、百卒長の槍《ロンギヌス》でずたずたにしてやる」

エリはものすごい形相でぼくをにらむ。

「そういえばあの槍、どうしたの？　まさか外にまだ置いてあったり」

「もうしまってある」

しまった？　どこに？

「……い、いいでしょそんなのは！」

「まあそんなのはどうでもいいんだけど。暴れるのはせめて風邪が治ってからにしなよ」

ぼくはエリの額に手をやる。エリの顔はぼふんと真っ赤になる。まだちょっと熱い。

「触らないで！」

「昨日よりはだいぶましかな……」

「昨日も触ったの？　ひとが寝てる間に！」

人聞きの悪いことを言うのはやめてほしい。

「ただいまーっ！」

ドアを開けて、黒い修道服姿がリビングに駆け込んでくる。レマだ。手にぶら下げたスーパーのビニール袋からはネギやゴボウが突き出ている。なんというか、もうここが自分の家みたいな態度だ。いや、買い物を頼んだのはぼくなんだけど。

「二人とも仲良くしてた？」とレマ。

「なんでレマに買い物なんてさせてるの！」

「知らん女を家に置いて出かけられるわけないだろ」

「だって祐くんと二人で行ったらエリちゃんさみしいでしょ？」

レマは話を混乱させるのをやめてくれないかな！

エリはさらになにか言いかけたけれど、レマが枕元に膝をついて「はい、あーん」と薬を飲ませたので、黙ってくれた。

ぼくは台所に買い物袋を運ぶ。てきとうなメモだけ渡して頼んだら、えらくいっぱい買い込んできたな。大根、にんじん、たまねぎ、長ネギ、ゴボウ、セロリ、トマト、じゃがいも、合い挽《ひ》き肉、鶏むね肉、ベーコン、牛乳、卵、パンツ。

パンツ？

「あ、それ替えの下着」

台所に顔を出したレマが言う。

「あんまり可愛いのなかった。しょうがないよねスーパーだし。見る？」

「見ないよ！」

ぼくはその下着を袋ごとレマに投げつけた。

冷蔵庫の中身を整理していると、居間の方から二人の声が聞こえてくる。

「レマ、ちょ、ちょっとやめて！　隣にあいつがいるんだってば！」

「だってエリちゃん、もうぐっしょりだよ？」

な、なにしてんのあいつら？

しばらく固まっていたぼくだったけれど、ソファがぎしぎし軋むのまで聞こえてきたので、さすがに不安になって居間に続くドアをそうっと開く。

「寝汗すごいんだから、拭かないと！」

「あとで自分でやるってばっ」

レマはエリの上にほとんど馬乗りになって、濡《ぬ》れタオルを片手にパジャマをひんむこうとしていた。ぼくはあわてて台所に引っ込んでドアを閉める。

「祐くん手伝ってよ、エリちゃん暴れるんだよ。わたしが押さえてるから身体拭いてあげて」

「入ってきたら殺すからッ！」

ぼくは耳をおさえてうずくまった。レマの手が、エリのパジャマを胸元までまくり上げていた光景がしっかり焼きついている。落ち着けぼく。

無意識のうちに、三人分の昼食の用意をしている自分に気づいて、ぼくは包丁を持つ手を止めた。おいおい。なにやってんだ。昼飯《ひるめし》まで食わせてやる義理あるのか？　でも、もう作っちゃった。コンロでぐらぐら煮立っている鍋に目をやる。うどんももうすぐ茹《ゆ》であがりそう。しかたない。

食べ物のにおいに反応したのか、窓際にずらっと並べられたキムチの空き瓶が、ガタガタ鳴り始めた。父が悪魔を入れておいた瓶だ。うわあ、やばい。「メシ、メシ、メシ」という不気味な声も聞こえてくる。父が消えて以来、餌をやっていなかった。というか、どうやって世話していいのかわからない。ほっておくしかない。

悪魔どもを無視して三人分の丼《どんぶり》を居間に運ぶと、レマは目を輝かせた。エリは毛布を肩にかぶったまま、怪訝《けげん》そうな顔で布団から身を起こす。

「祐くん、天ぷら自分で作れるんだ。すごい。美味しそう」

食前のお祈りをすると、レマはうどんの上のエビ天に箸《はし》をのばす。ぼくは、それをじとーっと見ているエリの視線に気づいた。

「……いや、あの、そっちに天ぷらがのってないのは、風邪引いてるときは消化に悪いもの控えようと」

「そっ、そういう意味で見てたんじゃない！」

エリは顔を真っ赤にしてぼくの腕を引っぱたいた。

「レマ、こいつの出したもの無節操に食べないの！　むやみに借り作ったら、いくらに膨れあがるかわからない。守銭奴なんだから」

「だって、せっかく作ってくれたんだから食べないともったいないよ。食べ物粗末《そまつ》にしちゃだめ。御子さまも五千人に魚とパンを分けたときに、『少しも無駄にならないように残ったパン屑《くず》を集めなさい』っておっしゃってる」

「う……そうだけど」

それ、そういう意味なのか？　まあいいけど。

「うどんくらいで貸し借りとか言わないよ。食べたくないなら、べつにいいけど」

ぼくも自分のうどんをすする。エリも観念したのか、手を組み合わせて祈りの言葉を口にすると、箸を取り上げた。

「……美味しい……」

姉妹の声がぴったり重なったので、ぼくはびっくりして箸を止めた。

「おかしい。こんなのうどんの味じゃない」とエリはソファの端をばしばし叩く。

「いや、べつに普通のうどんだけど」

「だって塩味以外の味がするっ」

「どんだけひどい食生活してきたんだよ。教会でちゃんとしたもの作ってくれなかったの？」

「麺類は贅沢品《ぜいたくひん》だったの。ちゃんと料理して食べるのは日曜日だけ。わたしたちは生まれ変わりだから、いつもは御子さまの最後と同じようにパンとワインだけ食べてた」とレマ。児童虐待じゃないのか、それは。

「ワインは高かったから、だいたい缶チューハイだったけど」

「それ貧乏だっただけだよ！」

生まれ変わりとか言って子供を納得させて、食費を浮かせてただけじゃないのか？

「ひどいよ祐くん、信じてくれないの？　前世で愛し合った仲なのに」

「え、ええ？」

「ばか言わないのレマ、こいつは守銭奴だし裏切り者だし地獄行きなんだから！」

病人のくせに声を高くしたエリは、ふらっと布団に崩れ落ちて、咳《せ》き込《こ》んでしまう。

「だってそんな、神の子の生まれ変わりとか、信じろって方が――」

そのときだった。背後でいきなり、ぶぶぶぶぶぶという不吉な音が聞こえた。ぞっとして振り向く。

台所の扉が、ゆらりと開く。その向こう、もわっとした黒い影がいくつも宙に浮いていて、不快な羽音を響かせながらゆっくりと居間に入ってくる。ぼくは背筋がねじくれそうなほどの悪寒を覚えた。

蝿《はえ》だ。ぼくの胴体ほどもある、巨大な――

うぞうぞと五、六匹が流れ込んできたその後ろから、ひときわでかい一匹が、ぬらぬらと尖《とが》った口吻《こうふん》を光らせながら現れる。

「メシ、メシ、メシ、メシィィィイイイイ」

飢えに狂った言葉は、重なり合った羽音で作り出されたものだ。

「……ベルゼブブッ?」

ぼくの喉から、その名が漏れる。父がキムチの瓶に押し込んでおいた『暴食』の悪魔だ。しかもとびきり凶悪なやつ。餌をやらなかったせいで、ついに封印が破れたのだ。やばい、食われる、ぼくじゃどうしようもない、逃げるしかない。ぼくの恐怖を悟ったように、蝿の群れが羽音を強め、空中を滑ってくる。

「うあああああっ」

立ち上がり、椅子に足を引っかけ、転びそうになり、テーブルに手をついてこらえる。だめだ逃げられない――

そのとき、背後からだれかの――黒い修道服の――腕がぼくの胸に回された。右手のひらの聖痕《せいこん》が赤く発光するのが見えた。

「偽りの王《ヒュドール・ホ・アンスローポス》として辱めよ！」

少女の声が耳元で響き、突然ぼくの視界を、何本もの黒いラインが横切った。蝿どもがそこにぶつかって、白い火花を散らして弾かれ、羽音が苦悶《くもん》に濁《にご》る。

ぼくは唖然として、首を巡らせる。ぼくらの周囲、半径二メートルほどを、何重にもからまりあって取り巻いているのは、無数の棘《とげ》が生えた太い深緑の蔓《つる》――荊《いばら》だ。椅子にからみつき、カーテンとソファに食い込み、城壁みたいにしてぼくらを囲んでいる。

首をねじると、すぐそこにレマの顔があった。ぼくをかばうように抱きとめている。その額に、いくつもの赤い聖痕が浮かび上がって見えた。

荊冠《けいかん》。神の御子の、しるし。

「メシィ！　メシ、メシ、メシィイィ……」

ベルゼブブとその配下たちの恨みがましい声が響く。蝿たちは荊の城壁に何度も体当たりをしかけ、蔓がぶちぶちとちぎれ、軋むような音のたびに、レマが苦しそうな荒い息を吐き、額の傷に血がにじむ。

「だ、大丈夫？」

「大丈夫っ、ぜったい近寄らせない！」

レマはぼくを抱きしめた腕にぎゅうっと力を込めて言った。

「メシ！　メシメシメシィッ！」

「テンプラ!　テンプラウドン!　テンプラウドン!　テテテテンプラウドンンンッ!」

「……なんか、ぼくらじゃなくて天ぷらうどんにしか興味なさそうだけど」

「悪魔なのにうどん食べたがるなんてっ」

「それなら食べさせてや——」

「ぜったいやだっ」ぎゅうう。「祐くんがせっかく作ってくれたの、悪魔なんかにあげない!」

いや、うどんくらいいつでも——と言おうとしたときだった。ぼくの隣に、もう一つの影が立つ。赤いパジャマの胸ははだけ、金色の髪の下の頬や首筋は火照って赤らんでいる。

「……エリ?」

「なんでこんなに悪魔がッ?」食い殺しそうな形相でぼくをにらむ。

「ええと、親父が喚び出した後にキムチの瓶に入れといたやつで……」

「やっぱりあなた悪魔の手先じゃない!」

「ぼくじゃなくて親父だってば!」

「レマ、荊冠引っ込めて!」

エリはそう叫んで自分の身体を抱きしめるようにした。左手の聖痕が光るのが見えた。

「……く、う、うううッ」

身を二つ折りにして、悶えるエリ。そのパジャマのわき腹が、いきなり弾《はじ》けた。布地を突き破り、血を散らしてずるりと出てきたのは——なにか、棒状のものの先端だ。

「くぁああッ」

その端をつかんで、エリは引き抜いた。ぼくはぞっとする。

槍だ。あのとき、ぼくを刺し殺そうとしていた――神の御子の死を確かめるために、そのわき腹に突き立てられた、百卒長《ロンギヌス》の槍。

エリが槍の血を払って構えた瞬間、ぼくの胸を締めつけていたレマの腕がゆるむ。荊の壁がかき消えた。

蝿たちが涎をたらし歓喜の羽音を高らかに鳴らしながら、ぼくら――ではなく、うどんの載ったテーブル目がけて殺到する。そのとき、エリの腕が一閃《いっせん》した。


その槍は、『霊体を断ち切る』ものなのだという。

悪魔の本体は地獄にあって、地上に顕在化している姿は、人間にわかりやすい形の表層が霊的にリンクしているだけ。百卒長《ロンギヌス》の槍は、その糸を断つもの。

だから――

「……よかった、あんなでかい蝿が何匹も真っ二つで体液どろどろ、とかにならなくて……」

ひっくり返ったソファや椅子を片付けながら、思わず安堵《あんど》の独り言が漏れる。

「祐くん、食事中に気持ち悪いこと言うのだめ！」

丼を大事そうに抱えてうどんをすすっていたレマが、抗議の声をあげた。

ベルゼブブとその配下の蠅のみなさんは、エリの鮮烈《せんれつ》な一薙《ひとな》ぎで消滅した。まさに一瞬のできごとだった。羽音も荊の壁も完全に消えてしまった後で、ぼくは腰が抜けてしばらく立てなかった。

「レマ、この非常時になんでのんきに食べてんの!」

身体にそうとう負荷があったからか、顔に血を上らせたエリが、隣の妹の頭をはたく。

「だって、うどん伸びちゃう」

「他にも悪魔いるかもしれないんだからちょっとは警戒しなさいよ!」

ほんとに他にもいるんだ、ごめん……。また封印解けて暴走しちゃったらどうしよう。父だって喚び出した後で手に余って瓶詰め放置したくらいだ。ぼくじゃ手に負えないのだ。この際だから二人になんとかしてもらおうか。まさか、悪魔を一撃で消し飛ばせる人間がいるとは思ってなかった。

さっきまで全然信じていなかったけど、今は納得するしかない。神の子の記憶を受け継いだ聖少女。両手だけじゃない、額とわき腹の——聖痕。

「それよりもエリちゃん、服、服」

「……え?」

槍を発現させたせいでびりびりになってしまったパジャマが、エリの右肩からするっと落ちた。唖然《あぜん》とするぼくの目の前で、肩も鎖骨もつるりとした白いふくらみも――

「やあああああッ」

エリが叫んで、両腕で前を隠してかがみ込んだ。ぼくもあわてて背を向ける。

「……み、見たでしょッ」

「見てない、大丈夫！」

「やっぱり殺す！」

「い、今着替え持ってくるからッ」

ぼくは壁の方を向いたままエリのそばを走り抜けて居間を飛び出した。階段に手をついて、呼吸を整える。いや、もちろん見えてましたよ？　ええと、なんだその、修道服もパジャマも着てるときは胸小さく見えるんだなあ、だぼっとしてるから？　じゃなくて。クールダウン。血が下がるのを待ってから、ぼくは二階の母の寝室に行った。

母のパジャマをもう一着持って戻ってみると、エリが修道服に着替えて靴下をはいていた。レマは布団と毛布を畳んで、ソファベッドを元に戻している。

「え、ど、どうしたの」

「……もう、熱下がってきたから」咳をしながらエリが言う。「出てく」

「ちょっと待って、だって――」

「やっぱり、あなたはユダじゃないのかも」

「え……」

「だって、襲われそうになっても縮こまってるだけだったし。ユダなら、罪痕《ざいこん》持ってるから戦えるはずだもん。レマの荊冠も、わたしの槍も見たのに――なにも思い出さないんでしょ」

「う、うん……」

「なら、たぶん人違い。あなたのお父さんは、たぶんなにか関係あるんだろうけど、あなたはユダじゃないか、転生に失敗したのか、どっちか」

喜んでいいはずだった。いらん疑いが晴れたんだから。でも、エリの固い視線と、レマの濡れた視線に捉《とら》えられて、ぼくの言葉は喉の奥でこわばる。

ユダなら、戦えるはずだった――エリのその言葉が、ぼくの胸に刺さった。

「……これから、どうするの？」

そう、訊いてみた。

「教会の人を捜す。ここにいてもしょうがないし。取り立てから逃げないといけないし」

「祐くんがなにか思い出してくれれば、よかったんだけど」

レマが潤んだ目でぼくを見つめて言う。

「捜すって、あてはあるの？」

二人はそろって首を振る。

「ぜったいに、あなたがなにか知ってるんだと思ってた。だから……わかんない」

ぼくのせいじゃないのはわかっていたけれど、胸が痛む。

「でも、祐くんは御子さまの記憶にある通りの人だった」

レマはエリに肩を貸して、微笑む。神の子の記憶にあるユダ？　……なんだろう、それ。

「わたしは人違いじゃないと思う」

「もういいでしょ。行こ、レマ」


二人が出ていってしまった後で、ぼくは丼と箸を意味もなくもう一度洗った。流水《りゅうすい》に手をひたしたまま、しばらくぼうっとしてしまう。急に寒くなってきた気がして、居間に戻って暖房を入れる。畳んで置かれた焼けこげのパジャマがなければ、あの二人がさっきまでここにいたのが全部嘘に思えそうだった。

変なやつらであった。いきなりやってきて、殺そうとして、大騒ぎして、風邪引いて、飯を食って、……いなくなってしまった。

ほんとに、これからどうするつもりなんだろう。住んでいた教会は取り壊されてしまって、面倒を見てくれていた大人はみんな消えてしまって、行くあてもなくて。おまけに借金を抱えていて。ぼくが心配するようなことじゃないのだけれど――家がなんとか残ってるのを除けば、ぼくも似たようなものだし。

でもぼくの足は、無意識に玄関に向かってしまう。

自分の靴を見下ろして、ため息をつく。なにやってんだろう。

そう。心配なんだ。あの二人が。社会常識なさそうだし。取り立てに追われてるし。

それに、ぼくがユダの生まれ変わりだというのがほんとだとしたら、多少はぼくにも責任があるのかもしれないし。頭の中で、自分で自分にいっぱい言い訳しているのが、なんだか馬鹿馬鹿しかった。

なにより引っかかっていたのは、エリとレマが口にした同じ問い――自分を憶えていないのかと、そう言ったときの、同じように哀しそうな、あの顔だ。

あんな顔をされてしまったら。

サンダルをつっかけると、ぼくは玄関のドアを押し開く。

双子の姿は、もう見あたらなかった。庭に出ても、門を開けて道路を見渡しても、黒い二つの影はどこにもない。冬の終わりの、頼りない日だまりと日陰が、アスファルトの上に続いているだけだ。

走り出す。ふと学校をさぼっていることを思い出して、犬の散歩中のおばさんとすれちがうときは顔を伏せてしまう。

出ていってからそれほど時間はたっていないけれど――見つかる、だろうか。息を切らして大通りに出る。行き交う車の間に、黒い人影を捜す。見つかるわけがない。どこに向かったのかも、どこから来たのかも聞いていない。

それでも走った。赤信号を突っ切ってクラクションを吹きつけられ、向かい側からやってきた自転車にぶつかりそうになり、サンダルが脱げそうになりながらも、走った。

なんで走っているんだろう、と自分でも思う。よくわからない。でも――

駅前の商店街で、拍子抜けするほどあっさりと、ぼくは双子を見つけた。洋品店のセールワゴンの前。金銀の髪に黒い修道服という姿は、あきれるぐらい目立つ。店の前を通る人たちがみんなちらちらと見ていくのがわかる。

なんで洋品店？

急に全力疾走したので、足をゆるめたとたんにひどく息切れしてしまい、ぼくはもつれそうな足取りで二人に近寄っていく。声が聞こえる。

「だめ、こんな色じゃなかった。もっとピンクに近い赤だった」

「しょうがないよエリちゃん、まったく一緒のなんて置いてないよ」

二人が手に取って選んでいるのは――パジャマだ。

パジャマ？

「あの守銭奴に借り作りたくないの！　ちゃんと弁償《べんしょう》しなきゃ」

「こういうのは気持ちが大切なんだよ。どっちにしろ、完全に弁償なんてできないんだから。だってあれ、祐くんのお母さんのだったんでしょ。きっと祐くんはお母さんのにおい嗅ぎながら寝てたんだよ」

「ンなことしてねえよ」

「ふわっ」

思わずつっこんでしまった。銀色の髪がびくんと跳ね上がり、金色の髪がぼくの視界を薙ぎ、二人が同時に振り向く。

「祐くんっ?」

「な、なんで追いかけてくるの!」

エリは目をつり上げ、レマは一瞬目を丸くした後で抱きついてこようとしたので、ぼくはその肩を押し戻す。

「えーと……」

答えあぐねたぼくの目は、エリの手にあった赤いチェックのパジャマに落ちる。エリはその視線に気づいて、さっとそれを後ろ手に隠した。

「あのっ、パジャマだめにしちゃったし、後で送って弁償しようって、そう思っただけ」

「届けに行くんだってエリちゃん言ってたよ」

「言ってないっ」

　ぼくはしばらくの間、なんと言っていいのかわからずに、双子の言い合いを見つめてしまう。エリはレマをぽかぽかと殴り始め、小脇《こわき》に挟んでいたもう一着の——こっちは黄色い——パジャマが、足下に落ちる。

「あ……」ぼくの視線に気づいたエリは、真っ赤になって黄色いパジャマを拾い上げ、ワゴンに突っ込んだ。

「こ、これはっ、なんでもないっ」

「次に祐くん家に行くときは、パジャマくらい自前の持っていこうって話してたの」

「ばか！　それはレマが言ってただけ！」

「でも黄色選んだのエリちゃん……」

　エリは今度はレマではなくぼくに殴りかかってきた。「ちがうの！　ちがうから！」

　通行人の視線が痛かった。こっちも恥ずかしくなって、二人の腕を引っぱって店の中に連れ込む。なんだろう、この気持ち。こそばゆくて、むずむずする。やばい、なんで追いかけてきちゃったのか、言い訳考えないと。

「なに。まだなにか用があるの？」

　エリがぼくの手を振り払い、むっとした顔で言う。レマはただ黙って、期待に目をきらきらさせている。

「ええと」いくつもの言葉が、ぼくの頭の中をぐるぐる回った。「あのう、ぼくのこと、教会の人も知ってるんだよね。夜逃げしちゃった神父さんとか、シスターとか」

「そう……だけど」

「それなら。ひょっとしたらさ、エリたちと同じこと考えて——ぼくをどうにかしたら借金消えるんじゃないかって思って、うちに来るかも、しれないよね」

そこから先は、ぼくはもう二人の顔を見て言えなかった。

「だから、それまで、うちで……待ってたら？　行くあてがないんなら」

「それまで、って」エリがため息みたいな声で言う。「そんなの、いつになるか」

「いいのっ？　祐くんのところにいても、いいの？」

レマが身をかがめて、ぼくの顔をのぞき込んでくる。

「こら、レマ！　またそうやって無節操にっ」

「パジャマ、お会計してくる！」

レマの弾んだ足音が、ぱたぱたと店の奥へ遠ざかる。

「本気で言ってるの？」とエリ。「殺しに来たって言ってるのに」

「……だってまだ病み上がりでしょ？　寝てた方がいいよ」

そう言ってみた。ちらっと視線を上げると、エリの頬がかあっと染まっている。たぶん、風邪のせいだけじゃなく。

「余計なお世話！」

ふいとぼくに背を向ける。

「神父さまかシスターが見つかるまでだからね！　変な真似したらすぐ殺すから！」

「う、うん」

ぼくはほっとしていた。なんだか、息を止めたまま百メートルくらい泳いだ気分。くたびれていて、でも、手のひらには、たしかになにかの感触がある。

レマがついでに下着も買いそろえると言い出して、「祐くんにも見てもらおうよ」などと付け加えたので、ぼくは激昂《げっこう》したエリに店から叩《たた》き出《だ》されて、外で二人を待つことになった。

勢いで、うちで待ってたら？　なんて言ってしまったけど。これって、一緒に暮らすってことじゃないか。服買ってるし。大丈夫かぼく？　女の子（しかも二人）と、一つ屋根の下で。やばい、どきどきしてきた。どうしよう。色々と。

道ばたにしゃがみ込んで動悸《どうき》を落ち着けていると、自分のあわてぶりに、なんだか笑えてきてしまう。

二月はじめの、晴れた水曜日。

ぼくと双子の聖少女――のちに判明したところによると負債総額三億円以上――の、いつまで続くのかよくわからない奇妙な同居生活が、こうして始まった。

3　大天使

同居生活では、さっそく頭を悩ませる問題が持ち上がった。風呂だ。同居を始めたその日の夜、ぼくが先に風呂に入っていたら、磨《す》りガラスのドア越しにレマの声がしたのだ。

「祐くん、背中流そうか？」

ぼくは泡を食って、ドアに背中を押しつけて足をつっぱり、レマの侵入を阻止《そし》した。

「なんでだよ、そんなこと頼んでないよ！」

宿泊費がわりとか、そういう前時代的な話はやめてください！

「そんな品のない理由じゃないよ」と、ガラスの向こうでレマがちょっと怒った声になる。

「じゃあなんで」

「祐くんの身体を隅々《すみずみ》まで調べないといけないの」

あきれるくらい品がいい理由だな……。意味わかんないし。

「もう服脱いじゃった。開けるよー」

なんですと！

ひるんだ隙《すき》にドアが押し開かれる。だめだ、もう押し戻せない。すらりとした白い素足が風呂場のタイルを踏んだ。

ぼくのそのときの反応力があれば、柔道のオリンピック代表選手にも勝てたかもしれない。レマの腕をつかんで湯船《ゆぶね》に投げ込む「きゃぁあっ」と同時に、その反動を利用して風呂場から飛び出したのだ。

叩きつけるように戸を閉めたとき、湯船から「ぷぁっ」と出ようとしたレマの裸の上半身が一瞬だけ見えた。あぶねえええええ。急いで身体を拭いてパジャマを着ると、更衣室から出る。こんなところエリに見つかったら、殺される。

居間に戻ると、エリはガラステーブルに分厚い本を何冊も積み重ねて読みふけっていた。どうやら父の蔵書《ぞうしょ》だ。ぼくにちらと視線を投げて言う。

「なんかレマの変な声が聞こえなかった？」

「え、ええと。た、たぶん風呂が熱くて驚いたんじゃない？」

ふうん？　と怪訝《けげん》そうに眉をひそめてから、エリは本に視線を戻す。

「あなたのお父さん、何者なの？　部屋は禁書だらけだし、そこらじゅうに悪魔の契約痕《けいやくこん》があるし。財団からお金借りてるってことは、普通の人間じゃないはずだけど」

「あー……一応、魔術師、だったらしいよ？」

「魔術師、ねえ……」エリはページを繰る手を止めない。「ほんものの魔術師なら、ユダを生まれ変わらせる儀式っていうのも、ただのでたらめじゃないでしょ」

「いや、あの馬鹿は普通にでたらめばっかり言うよ？」

ぼくはバスタオルで髪を拭きながら、ソファに腰を下ろした。

「罪痕《ざいこん》があれば確実なんだけど。ユダのしるし」

「それって首筋の傷ってやつだろ？　なかったじゃないか」

「首筋じゃないかもしれない」

エリが分厚い資料をぱたんと閉じて言った。

「罪痕は、ユダが死んだときの傷なの。マタイ福音書《ふくいんしょ》によれば、ユダは裏切ったことを後悔して、もらった銀貨三十枚を神殿に投げ返して、首吊って死んだんだって」

「それで首に痕？」

「そう。でも、新約聖書にはもうひとつ、ユダの死に方が書いてあるの。ルカの使徒言行録《しとげんこうろく》。そっちだと、ユダは教団のお金を横領してて、その貯金で《血の土地《アケルダマ》》っていう畑を買ってあったんだけど、そこに落っこちて身体が真っ二つに裂けて内臓がみんな飛び出して死んだことになってる」

マジ顔でそういうことを喋らないでほしい。

「内容、食い違ってるよ？」

「そう。聖書には、けっこうこういう矛盾がいっぱいあるの。あなたがどっちの死に方をしたのか、わかればいいんだけど」

「わかると、どうなるの？」

「そこを斬ってみる」

「死ぬにきまってんだろ！」

「死んだ原因調べてるんだから当たり前でしょ。死んだときと同じ目に遭わせれば記憶が戻るかもしれない。間違った場所斬って死んじゃったら殺し損だから、事前にはっきりさせとかないと」

「なるほど……じゃないよ！　その理屈はおかしいと思う！」

「だから脱いで祐くん。背中とか自分じゃ調べられないでしょ」

いきなり石鹸《せっけん》のにおいがして、しっとり濡れた手がぼくの背後から胸に回される。

「わあっ」振り向くと、もう風呂からあがってきたレマがバスタオルをかぶってパジャマ姿でソファのすぐ後ろにいた。

「レマっ、そういうことしないの！　そいつはサタンに憑かれてるんだから、触っちゃだめ」

「でも、服の上から触ってもよくわからないよ？」

「レマは悪魔耐性ないんだから、サタンがうつったらどうするの」

「ひとを病気持ちみたいに言わないでくれないかな」

「大丈夫だよ祐くん、病気じゃないから。サタンは死んでも治らないって『失楽園《パラダイス・ロスト》』に書いてあるし」

「書いてねえよ！　あとそれなんの慰めにもならないよ！」

正しくは、『永久に癒《いや》すべからざる憎悪の念』である。

「だから、いちいち抱きつかないの！」

エリは寄ってきてレマをぼくから引っぺがした。

「……じゃあエリちゃんが調べるの？」

「なんでわたしがっ」

「だってエリちゃんなら悪魔耐性あるし……」

エリは頬を染めてむうっとした顔で、しばらくぼくとレマの顔を見比べた後で、「レマにやらせるくらいならっ」と言ってかがみ込んでぼくの胸に手をつく。やめろ。ぼくは床を這って居間から逃げ出した。

＊

次の日からぼくはエリとレマを家に置いて、またちゃんと学校に通うようになった。あの姉妹を家に残して出かけるのはまだ不安ではあったけど、一日中一緒にいたら疲れる。レマはことあるごとにぼくの身体を調べようとするし、エリはそれ見て激怒するし。

だから、同居生活三日目に起きたその『事故』の瞬間は見ていない。学校から帰ってきたところ、ガレージのシャッターをぶち破って突き刺さっている、でかい黒の外国車を見つけただけである。肩から鞄《かばん》がずり落ちてアスファルトにぶつかったのも気づかず、ぼくは唖然《あぜん》として、たっぷり二分くらい家の門の前で立ちつくしていた。

……な、なにこれ？　まさか財団の取り立て屋？　ぼくは、エリやレマが言っていたことを思い出してしまう。『教会は地上げされた』。うちにもついに来たのか。ぼくの家も担保に入っていたから——いや、それよりエリとレマは？　無事なのか？　はやる鼓動《こどう》を抑えて玄関を開ける。

居間の入り口まで来たぼくは、またあんぐりと口を開けたまま固まってしまう。

「祐くん帰ってきた！　って、エリちゃん首の後ろ引っぱらないで、猫じゃないよ！」

レマはつんのめりそうになってわめいた。

「猫じゃないならおとなしくしてなさい、いちいち祐太《ゆうた》に飛びつかないの！」

エリは眉をつり上げてたしなめた。

「お帰りなさーい。勝手に飲んでるわよー、あとガレージ壊しちゃってごめんねー」

両肩むきだしキャミソール姿のその女は、缶ビールを傾けながら笑って手を振った。

「それより祐太、マタイ福音書で気になる記述を見つけたからちょっと見てほしいんだけど」

「難しいお話は後にして夕ご飯にしようよ。わたしもうお腹《なか》ぺこぺこ」

「あのう、エリさん、レマさん？」思わず敬称付き。「こ、この方はどなたです？」

「ん？　見ればわかるでしょ、ガブリエル。うちの教会のシスター」

「……羽はえてるように見えるんだけど気のせい？」

ぼくは、椅子の背もたれを正面にして馬乗りのかっこうでだらしなく腰掛けた、むやみにグラマラスなその女を指さす。肩から高く伸びた、純白の翼。

「当たり前じゃない天使なんだから」

エリは肩をすくめる。

「運転中は羽隠しとかないといけないからねー、リラックスすると出ちゃうの、ごめんね驚かせちゃった？」

ガブリエルさんはそう言って、さも美味《うま》そうにきゅうりの漬け物を口に放り込み、ビールをぐいっとあおると、翼をわっさわっさと動かした。作り物かもしれないというぼくの一抹《いちまつ》の希望は潰《つい》えた。

そうか、大天使だもんな、翼あって当たり前だよね……「じゃねえよ！　なんで天使がうちにいるんだっていうかガレージのシャッターぶち抜いたのはこいつ？　なにがどうなってんの、ぼくはいったいどこから攻撃受けてるわけ？　警察呼べばいいのそれとも自衛隊？　天使って日本の法律効くの？　バルサン焚いた方がいいかな？」

「まあまあ落ち着いて」

カブリエルさんはそう言って寄ってくると、いきなりぼくの頭をつかまえてその巨乳に押しつけた。

「むぐっ、な、なにをっ」

なんだこの、上質な和菓子のようにしっとりと吸いつく舌触りに加えてなめらかな――じゃないよ！　舌触りじゃないって！　やばい、頭が熱っぽい。くらくらしてきたところにガブリエルさんの声。

「深呼吸しよう深呼吸、はーい、息を大きく吸って」ぼくは息を吸った。

「はい、次に息を大きく吸って」ぼくは、息を大きく吸った。

「はい息を大きく吸って」ぼくは、息を……大きく吸った。

「次も大きく吸って」「殺す気か！」ぼくはガブリエルさんを突き飛ばした。

「ごめんね、つい面白くて」

「ひとが取り乱してるところにつけ込むのはひどいと思う！」

「そんなに大声出さないで、近所迷惑よー。まったく、だれの家だと思ってるの」

「ぼくの家だよ！」ガレージぶっ壊したやつに近所迷惑とか言われたくないよ！「どうなってんだよとにかく説明してよ！　なにからなにまでぼくが納得するように！　ガレージも弁償しろよちゃんと！　あとその漬け物食うなまだ漬かってないんだから！　……ってエリさん、どこ行ってたの？　なんでバケツなんて持ってきてんですか」

脳天から水を浴びせられた。

「ぎゃあぎゃあうるさい。頭冷やしなさい」

頭にかぶせられたバケツ越しに、エリの冷たい声。

「もう地上に来てから二十年くらいかな。ずっとエリさまとレマさまの面倒見てたの、ほら、守護天使だから。ちっちゃい教会でねー、やりくりたいへんだったわほんと。金ないし」

ガブリエルさんは冷蔵庫に寄りかかって五本目のビールをぐびぐび飲みながら言う。食事の支度《したく》の邪魔なんだけど……。でも、エリとレマがいるところで事情を聞くと話がこんがらがるし、しょうがない。二人は居間で聖書研究に精を出している最中。

「神父さんはどうしたんですか？」

「ん？　あっちは、私よりも一日早く夜逃げしちゃった。私とエリさまとレマさまのぶん合わせたよりも借金すごかったみたい。どこにいるのかはわかんないな。そのうちここに来るんじゃない？」来ンな。来たらぜったい追い返してやる。くそ、こんなめちゃくちゃな連中だとは思ってなかった。

「そんなわけでゆんゆん、これから私のこともよろしくね」

「その呼び方はなんですか」

「ゆんゆんが記憶戻してくれれば、一気に借金チャラだと思うの。だからこれから、あの甘い日々を思い出せるようにお姉さんが全身使っていっぱいサービスするからね？」

「人の話を聞け！　サービスとかしなくていいからまずガレージ直してください、天使なんだからそれくらい超能力かなにかでびびっとできるでしょ、あとは余計なことしないで！」

「超能力って、あなたねえ、そんなのできるわけないでしょ漫画の読み過ぎじゃない？」

「リアルに羽はえてるやつに言われたくないよ！」

ちなみに今は翼は消してカーディガンを羽織っている。翼を出すときはあの背中丸出しの高露出度キャミ一枚になるしかないらしい。あるいは──いやいや。想像してませんよ。してませんってば。

「サービスしなくていいの？　ゆんゆんが知らないようなものすごいこと教えちゃうよ？」

「包丁持ってるときに胸押しつけんな危ないから。あとその変な呼び方やめてください」

「あらあら。天界ではみんなゆんゆんって呼んでたのに」嘘つくな。「ゆんゆん、人気者だったからねえ天使の間では。ほんとに裏切るか裏切らないかで賭《か》けやったときは、そりゃあもう倍率すごかったもんよ。『裏切らない』は二百倍超えてた」

「どこが人気者なんだよ、みんな裏切るって思ってんじゃねえか」

「私は一発逆転狙って、裏切らない方に賭けたんだけど、大負け。そのときの賭け金が、ゆんゆんに借りてたお金だったわけ。だからこうして取り立てに追われてるの」

「賭け対象から金借りてギャンブルやるなよ……」

「あなたが裏切らなきゃ、今頃《いまごろ》こんなことになってないのに。責任とってよ！」

「知るか！」

　ぼくはガブリエルさんの腕を振り払うと、できあがった鶏鍋《とりなべ》をテーブルに運んだ。レマは大はしゃぎし、エリはそそくさと机の上に広げられた大量の本を片付ける。

「それにしてもガブリエルは今までなにしてたの？　いなくなっちゃって、すごく心配してたんだから」

　自分の小鉢に肉と野菜を山盛りに取り分けながらレマが言う。

「私も、エリさまとレマさまのことが心配で心配でしょうがなかったんだけどね」ガブリエルは眉をひそめる。「でも車検に出してたＢＭＷの方がもっと心配だったから」

「どこが守護天使だよ最低だなあんた！」

「だって取り立て屋に先回りされて差し押さえられたら困るじゃない。ゆんゆんにはもっと現実的な考え方を身につけてほしいなあ」

　天使に言われてこれほど腹が立つせりふは他にないと思う。

「あとは神父さまとも連絡とれれば……」とレマが表情を曇らせる。

「神父さまはもともとふらふらしてたし、いても役に立たない」

　エリの言葉はたいへん冷たい。神父、全然信頼されてないなあ。

「あの人、根無し草だしねえ。今頃どうしてんのやら」

「でも、神父さまも、ユダの死因のこと気にしてたんでしょ？　だったら祐くんのこと気にしてるはずだし、連絡来るかも」とレマ。

「そうそう。言ってた言ってた。エリさま、新約聖書貸して、えーと、どこだったかな」

「飯食いながら聖書読むのはどうかと思うんですが……汚れたらどうすんの」

「平気平気、どうせこの本、私の出番めっちゃ少ないし。もっと載せろっつうの」

うわあ。言っちゃったよ。

「ガブリエルは天使の中ではいちばんよく出てくるでしょ。わがまま言わないの」

「エリさまみたいに出ずっぱりの人に憐《あわ》れまれたくないわよね」

「くだらん張り合いしてないで本題に入ってください」

「またゆんゆんは面白くないことを言う。現実的な考えしかできないようじゃだめよ?」

「あんた二十秒前になんて言ったよ!」

「それでマタイ福音書のここね、第27節」ガブリエルさんはぼくをさっくり無視して聖書に戻った。この女……。「マタイだと、ユダは自殺なの。それで、裏切りの代金は、後悔して『やっぱり要らない』って神殿に突っ返してる。神殿の人たちもそんないわくつきのお金を押しつけられて困って、畑を買ってそこを外国人用の墓地にした、と」

「はあ」それはエリにもちょっと聞いたけど、なんなんだ?

「ところが使徒言行録の第1節だと、この畑は最初からユダが買っておいたもので、しかもユダは自殺じゃないのよね。天罰で身体真っ二つになって死んでる。でもとにかく、このユダゆかりの畑はどちらでも《血の土地《アケルダマ》》って呼ばれてるから、同じ場所なのはたしか」

「それがどうしたんですか。どっちにしろ、ぼくはなんにも憶《おぼ》えてないですよ。それに、どっちでもいいじゃゃ——」

「よくないよくない。ちゃんと読んで。使徒言行録の方は、ユダ自身がちゃんと取引したわけでしょう。ところがマタイの方では、ユダは銀貨を投げ捨ててる。つまりユダにはこの財産権がないのね。思い出して、『三十銀貨財団』は、この銀貨三十枚を元手《もとで》に設立されたの。マタイの記述が正しいとすると——」

「財団の資本はユダのものじゃないってことですか」捨てた金だから。

「そうそう。さすがゆんゆん、勝手に億単位の借金作って逃げるようなダメ親父《おやじ》と長年我慢して暮らせるだけあるね」

おまえがひとのこと言えるのか。

「ガブリエル、わたし今の難しすぎてよくわかんない」

もくもくと口を動かしながらもレマが言う。

「大丈夫、レマさまはゆんゆんの身体を隅々まで調べることだけ考えててね」

「うんっ」嬉しそうに返事すんな。

「わたしもよくわかんないけどっ」エリがむっとした顔で口を挟む。「祐太を殺すだけじゃだめなの？」

前から思ってたけど、この姉妹、あんまり……頭、よくないよね？

「だめじゃないかしら。使徒言行録の方に従うと、財団の基金調達にはユダが関《かか》わってるから、ゆんゆんにも発言権あるかもしれないけど。マタイが正しいとすると、遺失物横領とかでねじ込むのかなあ。裁判になったら厳しそうねー」

裁判て。こんなの、だれがどう裁判にかけるんだ。喋ってる内容はこんなにめちゃくちゃなのに、結論だけ妙に現実的なのが腹立たしい。

「ともかくね、ゆんゆんがどっちで死んだかが、重要なの。それによって、こっちの理論武装も変わってくるし、刺激するツボも変わってくるわけだし。とにかく、こんな借金まともに返せる額じゃないんだから、取り立てが来る前になんとかゆんゆんの記憶を取り戻さないと」

「はあ」ぼくが生まれ変わりでもなんでもないという可能性は、もうすでにだれにも考慮してもらえなくなってるみたい。「それじゃ、どうするんですか？」

「お風呂で一緒に罪痕探しかな？」

おまえもそれかよ！

財団から電話がかかってきたのは、その夜のことだった。先に風呂に入ると襲撃されるということを学んだぼくが、入浴を後回しにして台所を片付けていると、電話のベルが聞こえた。

「はーい砂漠谷《さばくたに》ですー」

レマ、勝手に出るな！　ぼくは居間に駆け込むと彼女の手から受話器を引ったくる。

「……はいもしもし」

『はいはいどうも夜分遅くすみませんね、三十銀貨財団の者ですー』

妙に浮ついた、甲高い男の声が聞こえてきて、ぼくは一瞬、叩き切ってやろうかと思った。

いや、待て、落ち着け。財団？　あの、三十銀貨財団？

『石狩先生のお宅ですよね？　息子さんの祐太さままでいらっしゃる？　お父様にお貸しした、えーと、一億八千万円ですね、明細《めいさい》と督促状《とくそくじょう》の方、お送りしたと思うんですけどー』

「え、ええ……はあ、まあ」

手のひらに汗がにじんできたのがわかった。一億八千万円。

『それでですねー、そちら様に、砂漠谷エリさまと砂漠谷レマさま、あとガブリエルさまもご一緒におられますよねー？　いやー、ほうぼう捜したのですけれど、ガブリエルさまがわざわざ目立つようなことをあっちこっちでやった上にそちら様に行かれましたので、こちらとしましても皆様まとめて行方がつかめましてたいへん助かりました、感謝していますとお伝えくださいな』あの女ぁああああああ！『それでですね、祐太さまと、砂漠谷ご姉妹、あとガブリエルさまも、そちらにご一緒に住まわれるのですよね？』

「え、え？　……は、はあ、いや、あの、そうと決まったわけでも」

『またまた。あんな可愛い双子の姉妹に、あんなにエロい美人のお姉さん、思春期まっただなかで性欲を持て余す高校一年生の祐太さまがなにを迷われることがあります。ああそう、お父様みたいにがんばって子供つくってその子供に借金を負わせるとかいうのはわたくしどもとしてもさすがに倫理的に』

「セクハラしたいのか借金の催促したいのかはっきりしろッ」思わずマジ切れ。受話器の向こうで咳払いが聞こえた。

『これは失礼いたしました。それでは、家族計画——じゃなかった返済計画のお話を』

あんた今わざと言い間違えたよね?

『ざっと試算しましたところ、そちら様の土地の資産価値が四千万円、上物《うわもの》は、どこぞの教会とちがいましてまずまず価値がありますけれどもせいぜい二千万円、それから、時と場合によらず鋭いつっこみができる可愛らしい男子高校生というとマニアに高く売れますのでオークションの結果次第ですが一億円相当、わたくしどもといたしましても無理のない返済計画が立てられると——』

「おいちょっと待て」オークション?

『担保に祐太さまが含まれていることは、ご確認されていませんか?』

「い、いや、見ましたけど……人身売買は犯罪ですよ?」

『はっはっは。平気ですよ。祐太さまには気持ちよくなるお薬各種を投与し、落札者さまと三週間ほどみっちりたっぷりねっぷり同居していただいて、警察になにか訊かれても「お兄ちゃんは悪くないの！」としか答えないようになっていただきます』

「この本が出版されなくなるかもしれないから、そういうネタはやめてください……」

『ネタじゃないので大丈夫です、わたくしどもは本気です』

「よけいやばいわ！」

『薬がおいやでしたら、しらふで二ヶ月みっちりたっぷりねっぷりでも』

「ふざけんな、ぜったいにいやです！」

『わたくしどもといたしましては、三億六千万円、耳をそろえて返済していただければ、それでよろしいのですけれども、やはり無理のない返済計画が大事で――』

「な、なんで倍に増えてるんですッ？」

『おや。砂漠谷ご姉妹とガブリエルさまのぶんですよ。ご家族になられたんだから負債も一緒でよろしいでしょう、わたくしどもも、追い込むのが楽です。おっと本音が』

「い、いや、家族？　じゃないですよ？」

『またまたまた。あんな可愛い双子の姉妹に、あんなにエロい美人のお姉さん、思春期まっただなかで性欲を持て余す』「せりふコピペすんな！」『しかし、それでは祐太さま、どうなさるおつもりですか？　返済のあてはおありで？』

「返済もなにも、ガブリエルさんはともかく、ぼくのは親父が借りた金、エリとレマなんて前世の話じゃないですか、返す必要なんてッ」

いきなり、受話器が凍りついたような気がした。ぼくはうぐっと言葉を呑み込む。

『まだご理解されていないようですので申し上げておきますが、わたくしどもは三十銀貨財団、神魔《しんま》に関わる秘すべき存在をお客様として営業いたしております。御子《みこ》さまにおかれましても、その転生を二千年間お待ち申し上げておりました。待つことには慣れております。わたくしどもには利息という喜びがございますからね。どんなことをしても取り立てます』

「う……」ぼくは受話器を左手に持ち替えた。

『ちなみに利息制限法は遵守《じゅんしゅ》しておりまして安心してご利用いただけます』

「もっと他に守るべき法律いっぱいあるでしょう!」

『つっこみにも力が入らないようですね。心中お察しします』

うう、同情されてしまった……。

『砂漠谷エリさまと砂漠谷レマさまでしたらさらに高く売れますから、祐太さまが人生を棒に振らなくても――』

「ふざけんな!」

受話器をへし折ってやろうかと思った。

『おっと。これは失礼いたしました。お二人とも祐太さまの将来の奥様となるべき大切な女性ですからね』

「い、いや、なに言ってんのあんたッ？　そ、そういうんじゃなくてね、とにかく！」

『返済計画の案をお持ちなのですか？』

「だから！　払えませんし、払いません！　担保も渡しませんから！」

きっぱりと、ぼくは言っていた。

身売りとか、冗談じゃない。エリやレマまでだって？　なんでそんなことしなくちゃいけないんだ。ふざけるな。

『なるほど。祐太さまのお覚悟は肝に銘じました。しかし、わたくしどもも営利団体です。はいそうですかと引き下がるわけにはまいりません。回収部隊を派遣させていただきます。まあおおよそ一週間で音をあげるでしょうな』

「な、なにするつもりですか」

『庭の芝生にミステリーサークルを作ったり、寝室に忍び込んでコンドームに穴を開けたり、お宅は床に落とした食べ物も五秒ルールで拾って食べているという噂を近所に流したり、周辺のレンタルＤＶＤ店を片っ端から回ってアニメの最終話だけを全部借りっぱなしにしたり、その他諸々《もろもろ》身の毛もよだつような恐ろしい目に遭わせます』

「せこい財団だなおい……」

『あと祐太さまがお風呂に入っている動画をネット配信します』

「それはやめろ！　お願いですやめてください！　ていうかいつ撮ったんだよ！」

『ふっふ、もう遅い。現在、ウェブ担当がハアハアいいながら動画編集中です。イスカリオテのユダの生まれ変わりとはいえ、わたくしどもは容赦《ようしゃ》しませんよ。それでは』

「あ、ちょ、ちょっと待って！」

電話を切ろうとした気配を察して、ぼくは食いついた。

「あ、あの、ぼ、ぼくがユダの生まれ変わりって、ほんとなんですか？」

『お父様からお聞きになっていると思いますが……ほんとうです。砂漠谷ご姉妹とちがって記憶も身体も戻られていないようですが――』

「な、なら」

『どのみち、関係のないことです。わたくしどもは三十銀貨財団、聖《せい》なる方にも邪《よこしま》なる方にも電話一本無審査でお貸しいたしますが、そのかわり』

電話口の向こうで、男は冷たく言った。

『絶対に取り立てます。たとえ設立者からであろうと、ね』


「借金の担保で身売りって……やっぱり、ろくな連中じゃなかったんだ」

風呂からあがってきてすぐにその話を聞いたエリは、髪を拭きながら唇を噛《か》む。

「それで、祐太はどう答えたわけ、まさか」

なんだか電話だけでくたびれてソファに沈んでいたぼくは、弱々しく答える。

「ぜったい払わない。担保も渡さないって……言っちゃった。だって、エリもレマも、そんな目に遭わせられないよ。ぼくだっていやだし」

それを聞くなり、エリの顔がかああっと赤くなった。ぼくと視線が合うと、ぷいっと顔をそむけてしまう。え、なに？　なんかまずいこと言った？

「……口ばっかり。記憶もなくて、罪痕も使えないくせに。自分ちの悪魔だって処理できなかったじゃない。財団は天使も悪魔も相手に取り立ててるようなやつらなんだから、あなたなんてなんの役にも立たないでしょ」

「う……そう、だけど……」

「あなたなんかにっ、心配されなくても、わたしたちは自分で自分の身くらい守れる」

「むしろ祐くんを守ってあげる！」

レマが背後からぎゅううっと抱きしめてきた。

「わたしの荊冠は絶対防壁だから！　どんな悪魔も近づけないから！　祐くんがご近所で陰口叩かれても、学校で借金まみれってばれていじめられても、聞こえないようにできるから」

「後半は、気持ちだけ受け取っとく……」

「わたしだっててっ！」

顔を赤くしたままのエリが、いきなり叫んだ。テーブルを迂回して、ぼくの前まで寄ってくると、バスタオルを握《にぎ》りしめてちょっと視線をそらしたまま言う。

「わたし、だって……だれが来ても、やっつけられる。……守れるから」

「う、うん」

「だからっ、あなたは余計なこと考えてないで、早くユダの記憶戻して!」

「いや、あのさ」ぼくは、電話の最後にあの担当者が言っていたことをエリに話した。「ぼくがユダでも、どっちにしろ財団に口出すなんてできなさそうだけど」

「う……」

エリは頬を朱に染めたまま、ちょっと言いよどむ。

「い、いいの、そんなことは! とにかく早く思い出しなさい!」

「な、なんで?」

「あのね祐くん、エリちゃんは——」と耳元でレマの声。

「レマ、余計なこと言っちゃだめ!」

噛みつきそうな形相で遮ると、エリはバスタオルをかぶってもしゃもしゃ髪を拭きながら部屋を出ていった。「待ってよエリちゃん!」と、レマもその後に続く。

居間にひとり残されたぼくは、ソファに座ってしばらく呆けてしまう。

なんだかエリもレマも、やけにぼくの記憶が戻るかどうかにこだわる。最初逢ったときからしてそうだし——なにか、借金と関係のない理由が、あるのかな。

思い出せば、わかるんだろうけど。

「そうそう。早く思い出せるように、お姉さんが天使式マッサージしてあげる」

「ガブリエルさん、風呂あがりにバスタオルいっちょでうろつくのはやめてください」

「おっと。後ろからしなだれかかっているのに、どうしてタオル一枚だってわかるのかな？」

感触で、とは言えない。後頭部になにやら柔らかいものがふたつ押しつけられているので、ぼくは顔も動かせない。

「ところで、財団からの電話だったんだよね？　ドライヤーしてたからあんまりよく話が聞こえなかったんだけど」

ガブリエルさんはぼくの正面のソファに腰を下ろす。だからなんか着てくれって。タオル一枚巻きつけただけなので、その豊満な胸の谷間も、つるりとした見事なラインの素足も、しっかり見えてしまう。ぼくはがんばって自分の足下のカーペットの模様に意識を集中させながら、さっきの話をもう一度繰り返す。

「ふうん。厄介なことになったねー」

あのな、連中に居場所がばれたのはおまえのせいだぞ？　わかってんのか？　なんだその他人事みたいな言い方は。

「でも、ゆんゆんが私の負債まで面倒見てくれるなんて、じんときちゃう」

「あんたは自分で払えよ、自己責任だろうが！　そんなうるっとした目になってもだめです、タオルめくってもだめ！」

「でも、そうか、ゆんゆんが銀貨捨ててようが遣《つか》ってようが、財団は気にしないのか」

さくっと嘘泣《うそな》き&色仕掛けをやめて話を戻すガブリエルさん。

「おかしいな、じゃあ神父さまはどうしてユダの死因にこだわってたんだろう……」

ガブリエルさんは腕組み。ぼくにだって、さっぱりわからない。エリやレマがユダの記憶に固執する理由も、わからないけど。

「ところで財団の人、神父さまのことはなにか言ってなかった？」

「え、ええと……なんにも」

「そうか。まだ見つかってないのかしら。あの人の負債、私ら四人合わせて倍にしても届かないくらいすごいんだよね。居場所知ってれば、売り渡して私の借金減らしてもらうんだけど」

「あんた最低だな……」それでも天使かよ。「ていうか、神父さんの借金って十億円とかですか？　なんでそんなに借りてるんです？　どんな人なんですか」

あまりに謎《なぞ》すぎる。

「えー？　ただのろくでなしよ。私が可愛く見えるくらい」

「それ自分で言うことじゃないよね」

「まあ、もともと私は可愛いけど」

それも自分で言うことじゃないよね！

「さて、それじゃ」ガブリエルさんはタオルの裾《すそ》を直して立ち上がった。「この家、パソコンある？　ネット使える？」

「ありますけど……なんですかいきなり」

「ゆんゆんの風呂動画を検索します」

「なんでそこだけ聞こえてるんだよ！」


ガブリエルさんの寝る場所は、砂漠谷姉妹と一緒、母の使っていた二階の寝室にした。少々狭いけど、昔は夫婦で使っていたらしきダブルベッドだったし、他の部屋は父の残した怪しげな本や古道具でぐちゃぐちゃだし、まさかぼくの部屋に寝かせるわけにもいかないし、我慢してもらうことにする。

エリとレマに続いてガブリエルさんも寝室に引っ込んでしまったので、ぼくはゆっくり洗い物と洗濯と明日の朝ご飯の仕込みをすることができた。なんか、たまに上からどたどたと物音が聞こえたり、姉妹のどっちかの素っ頓狂な声が聞こえたりするので、不安なんだけど。

ようやく家事を終えて、風呂に入れたのは十二時過ぎ。もちろん服を脱ぐ前に盗撮カメラを徹底的に探したし、入浴中も入り口のドアへの警戒は怠《おこた》らない。

ぽかぽかした身体で、ぐったりと二階の寝室のベッドに倒れ込む。

ほんとに……色々たいへんな一日だった。もう疲れた。

借金三億円。これから財団が仕掛けてくるであろう嫌がらせ。エリとレマだけでもたいへんなのに、変な居候《いそうろう》がもう一匹増えた。

ほんとに、これからぼくの人生どうなっちゃうんだろう……。

今ここで考えててもしょうがないんだけど。せめてぼくも、父みたいに魔術の心得があれば、財団の連中がなにか変なことをしようとしてきても——いや、無理だ。だって父ほどの魔術師だって夜逃げしたじゃないか。魔術ごときじゃ、たぶん財団にはかなわないのだ。

罪痕があれば戦える、って——エリは言ってたっけ。

ユダの記憶。

ぼくは小さな鏡で、自分の喉をもう一度調べてみる。やっぱり傷痕《きずあと》なんてどこにもない。パジャマの前をはだけて、胸や腹を探ってみても、やっぱりなんにもない。

思い出せるものなら——

突然、ドアにノックの音がした。ぼくはびっくりして鏡をシーツの上に落っことし、あわててパジャマの前を合わせる。

「……だ、だれ？」

「……わたし」

エリだ。声は姉妹で同じだけれど、発音のわずかなちがいが、最近ぼくにもわかるようになった。

「入っても、いい？」

なんでエリが、こんな真夜中に？

「え、ちょ、ちょっと待って」

散らかっていたベッドのまわりの雑誌や本を急いで片付ける。

「い、いいけど」

ドアがおずおずと開く。暗い廊下《ろうか》に立つ、黄色いパジャマ。髪を束ねていないので、なんだか昼間よりも気弱そうに見える。

おそるおそるぼくの部屋に足を踏み入れたエリは、書棚に入りきらない本が床にいくつも堆《たい》積《せき》しているのを見て、不安げな目になる。

「えっと。親父の本なんだ、もう置く場所なくて。座るところ、……ベッドしかないけど」

「……ば、ばか。そんなところに座れるわけないでしょ」

エリはそう言って、近くに詰んであった辞書の上に腰を下ろす。そりゃそうか。ぼくはベッドに腰掛けた。

「どうしたの？　部屋が狭くて眠れない？　下の和室を片付けてガブリエルさんの部屋にしようか」

「ううん。そうじゃなくて」エリはぼくを上目《うわめ》遣《づか》いで見ながら首を振る。「祐太に、訊きたいことがあったから」

「ぼくに……？」

「……迷惑じゃ、ないの？」

ぼくは首を傾げる。うつむいたエリの顔を、のぞき込もうとする。

「なにが？」

「わたしたちが、ここにいて。ガブリエルが見つかったし、出ていっても」

「い、いや、なんで？　だって、教会は取り壊されちゃったんでしょ。ガブリエルさんだって行くところないんだし、どうせ部屋余ってるし」

「だって、ここにいて教会のだれかから連絡あるまで、ってことだったし」

「でも、神父さんはまだ見つかってないよ」

思わず、反論してしまう。なんだか立場が逆のような気がする。

「あの人は、べつにいい。いいかげんな人だし、どうせひとりでも生きてけるし」

仮にも神父なのに、ここまで言われるのか。まあ、十億円以上借金作っちゃうような人だからなあ。でも、困った。言い訳がどんどんなくなっていく。ええと。

「財団の連中がなにしてくるかわからないし、一緒にいた方が身を守りやすいかなって」

「祐太はどうせ戦えるわけじゃないんだし」

う……そういえばそうだった。エリやレマの世話になる立場でした。じゃあなんだ、ぼくはひょっとして守ってもらうために一緒に住まわせてるの？　その考え方は、なんか、いやだ。

「祐太が、どうしてもっていうなら、取り立てが来たときに追い払えるように——一緒に、暮らしてててもいいけど」エリはちょっと恥ずかしそうに視線を泳がせて言う。

「……それは嬉しいんだけど。そういう交換条件みたいなのじゃなくてさ……なんだかやっぱり、ぼくのせいもあるみたいだし——前世の話だけど——だから、早く思い出して、なんとかできるようにするから」

どんどん喋る言葉がたどたどしくなっていって、自分がなに言ってるのかもよくわからなくなる。たぶん、エリの口からまた「出ていく」という言葉が出てきたのが、かなりショックだったのだと思う。

「どうして祐太がそこまでするのか、わからない。わたしは、殺しに来たって言ってるのに」

エリは自分のつま先にじっと視線を落としてつぶやく。

「え、えっと……今でも、殺すつもりなの？　記憶が戻ったら？」

ぶんぶんと首を振るエリ。暗がりの中で金色の髪が散らばる。

「そんなことしても、しかたがない。あなたの罪じゃないし、御子さまもそんなこと望んでないと思うし」

「よかった」ぼくは息をつく。「エリに嫌われてるのかなって、ずっと思ってた」

「き、嫌ってなんかっ」

エリはいきなり立ち上がりかけて、ぼくと視線が合って、「あ、う、ぅ」と顔を真っ赤にしてまた本の山に座り直す。ぼくもどぎまぎしてしまう。

「い、いや、だって、前世でぼくはひどいことしたんだろうし」

「……ほんとに、なんにも憶えてないの？　わたしのことも」

エリはすがりつくような目で、あのときの問いを繰り返す。ぼくは力なくうなずくしかない。なんでいつも、この話になると、こんなにさみしそうな目をするんだろう。

エリは立ち上がって、本の山の間を縫って近寄ってきた。ベッドに腰掛けたぼくの前に膝《ひざ》をつく。え、な、なに？

持ち上げたエリの左手に、聖痕がぼんやりと優しい青の光を放っているのが見えた。

その手が、いきなりぼくの首筋に触れた。冷たい肌の感触の中に、かすかな温かみの点。ぼくはびっくりして仰向けに倒れそうになり、腕を後ろにつっぱってこらえる。

「……エ、エリ？」

「痕どうしは、触れると反応するんだって。なんにも感じない？」

「……う、うん……ごめん」

エリの左手が、するっとぼくの肌の上を滑り落ちて、パジャマの襟《えり》の間に潜り込んだ。

「ちょ、ちょ、ちょっと待って、なに？」

「大きな声出さないで。わ、わたしだって……こんな、恥ずかしいこと、やりたくて……やってるんじゃないの。ガブリエルが、やってみたらって……」

ぼくはもうベッドに半分押し倒されたようなかっこうで、胸から腹にかけてゆっくり滑っていくエリの手のひらの感触に、身じろぎもできなくなっていた。

「喉じゃなかったら、身体の方に罪痕があるはずなんだけど……」

見上げると、エリの顔は真っ赤になっている。たぶん、ぼくも同じだっただろう。

「あ、あのね、ガブリエルが言ってたんだけど、……もう一つの方の聖痕《せいこん》なら、力が強いから、そっちに触ったら、ひょっとして」

エリは上気した顔を伏せてつぶやいた。もう一つって。ぼくはあのときの百卒長《ロンギヌス》の槍を思い出す。あれは——

「だ、だめだよ、わき腹なんて、そ、そんなのっ」

あわてるぼくにのしかかったまま、エリはパジャマの裾をまくり上げる。白い大理石みたいになめらかな肌の上に、痛ましい裂傷のあと——槍《やり》の聖痕。

「み、見ないで」

エリの手がぼくの目を遮り、頭をぎゅううっとベッドに押しつけた。

「エリ、ま、待って、わ、わ」

パジャマのボタンが全部外されたのがわかる。腹のあたりに、ぴったりとぬくもりが押しつけられる。無意識に息を止めてしまう。

「……思い出した？」

耳元でエリの声。ぼくは首を振ろうとするのだけど、押さえつけられていて頭は動かない。エリの体温と触れ合った肌の信じられないほどの心地よさから逃げ出そうと、身をよじる。動けない。

どれほどそうやって、肌を合わせていたのかわからない。

不意に、解放された。ぱっと視界が開ける。エリが手をどけて身体を離したのだ。

「──な、なんで思い出さないの、わたしがここまでやってるのに！」

真っ赤な顔で目に怒りを燃やしたエリが、ぼくの腹をぼかぼか殴った。

「い、いや、そんなこと言われてもっ」

「裏切り者のくせに！　わ、わたしを裏切ったくせに、そのことも忘れてるのっ？」

「ご、ごめん……」

前世のことなのに、めちゃくちゃすまない気持ちになってくる。エリがここまで、ユダの記憶にこだわるのは、どうしてなんだろう。

「これでも思い出さないなら……」

気づくとエリはぼくの腰の上あたりに馬乗りになるというものすごいかっこうで、しかもなにやら思案顔。え、ええと、まだなにかやるんですか？　ぼく、もうかなりいっぱいいっぱいなんですが。

いきなりひとりでかあああっと激しく赤面すると、エリは首を振った。

「そ、そんなことできるわけないでしょ、ばか！」みぞおちを殴られた。痛いよ！　ていうかそんなことってなんだよ、ぼくはなにも言ってないよ！

エリがベッドから下りようとしたとき、部屋のドアの方から声がした。

「あららエリさま、教えた通りにしないと」

ドアの陰にふわふわの白い翼がのぞく。

「ちゃんとゆんゆんのズボンも脱がせて。下半身に罪痕があったらどうするの？　もっとこう全身バイ全身で調べないと」

「のぞいてんじゃねえ！」

ぼくは手近にあった本をガブリエルさんに向かって投げた。エリはぱっと飛び退《と》《の》いて、部屋の入り口で頭をさする大天使をにらむ。

「言う通りにしたのに祐太は思い出さなかった！」と、エリはぼくを指さして憤慨《ふんがい》する。

「最後までやらないからよー。ゆんゆんはエリさまのはじめての人だし、赤ちゃんがやってくるのはコウノトリでもキャベツ畑でもないってさっき教えたでしょ？」

「あんたなに教えてんですか！　それでも天使かよほんとに！」

「困るなあゆんゆん。ちゃんと聖書読んでるの？」

ガブリエルさんはぼくのベッドまでふわっと飛んでくると、隣に腰掛けて肩をすくめる。

「マリアさまに受胎告知《じゅたいこくち》したのはだれだと思ってんの」

「……そういやガブリエルでしたね。だからなに」

「いい？　ヴァージンの娘んとこにいきなり飛んでって、妊娠してますよって教えてあげたのよ？　しかもそれ、私のいちばん有名な登場シーン。もう存在自体がセクハラなわけ」

「もうちょっと言い方ってもんがあるでしょう！」

「そんなわけで私は天界の性教育係なのだっ」

「胸張って言うな！」

「あ、ごめん聖教育係。ここ校正しといて。各宗教団体から抗議が来ると困るから」

「もう遅いよ！　ていうか紙面でしかわかんないギャグ飛ばすなよ！」

「や、やっぱりいやらしいこと教えてたんだ、ガブリエルの嘘つき！」とエリが涙を浮かべてわめく。疑わないおまえもどうかと思うんだけど。

「いやらしくないわよー。産めよ増やせよ孕《はら》ませよって創世記に書いてあるし」

「天使が聖書改竄《かいざん》すんな！」

「まあまあ、私も手伝ってあげるから、脱いで脱いで。エリさまの『大きな声出さないで。わ、わたしだって……』のあたりからもう一度やりましょう」

「ガブリエルいつからのぞいてたのッ」

ぼくらが大騒ぎしていると、ドアの向こうにもうひとつ、白っぽい人影が立つ。レマが枕を

抱いたまま目をこすっている。

「……なんでみんな祐くんの部屋にいるの？　こっちで寝ることにしたの？」

「レマさまも参加する？　私の開発した体位だと四人同時まで大丈夫」

「ふざけんな！　って、脱がすのやめてください、離せ！」

「祐太、本棚倒れそう、危ないッ」

すさまじい崩落音《ほうらくおん》が家を揺るがした。寝ぼけていたはずのレマがものすごい反応で発現させた荊冠がなければ、ぼくもエリもガブリエルさんも本棚に押し潰《つぶ》されていたかもしれない。いや、このセクハラ天使は潰された方が身のためだったかもしれないけど……。

雪崩を起こした大量の本で埋まってしまった寝室をやっとのことで脱出し、ドアのところで振り返り、ぼくはもう呆然とするしかなかった。どうしよう、これ……。埃《ほこり》ものすごいし、片付けるにしたって半日はかかりそうだし、ベッド埋没しちゃったし……。

もう、今日は寝よう。なにもかもめんどくさくなってきた。

「祐くん、どこで寝るの？」

「居間のソファかな……」

「でもまだ夜は寒いし、ちゃんとお布団で寝ないと風邪引いちゃうよ」

そんなことを言っても、あと使えるベッドは――

「いいじゃない、ダブルベッドだし、四人ならぎりぎり一緒に寝られるわよー」

「いや、なに言ってんですかあんた」

たしかに、他にないのだけれど。父の部屋のベッドは、現状のぼくの部屋以上にひどいありさまだし。

「かび臭い古書に埋まって寝るのもそれはそれでいいかなって思い始めた……」

「だめだよ祐くん病気になっちゃう」

レマがぼくの袖《そで》を引っぱる。おまけに、エリもそっぽを向きながら、こんなことを言う。

「……べつに。……一晩くらいなら、いいけど」

なんでだよ。

でもぼくは頭の芯《しん》までくたびれきっていて、ガブリエルさんとレマに腕を引っぱられるままに、寝室に連れ込まれてしまった。

たいへん難しい協議の結果、並び順はガブリエルさん、レマ、エリ、ぼく、となった。エリは防波堤役みたいなもんだ。

朝起きたら、レマはぼくに覆い被さっていたし、エリの腕はぼくの首に巻きついていたし、セクハラ天使はぼくのズボンを脱がそうとしたまま寝こけていたけれど。

4　大魔王

ぼくの通っている学園は、もともとミッション系のお堅い女子校だったのだという。敷地がやたらと広く、蔦《つた》のからんだ赤煉瓦《あかれんが》の古びた校舎など趣《おもむき》あふれる建物がいくつもあり、もちろん大聖堂も全校生徒を収容できるほどの大きさのものが設《しつら》えられている。

ところが生徒数の減少が深刻になり、理事会は協議の末に、暴挙ともいえる二つの方針転換を打ち出した。一つ目が制服の変更、二つ目が男女共学化である。

一つ目は大成功といっていい。かなり大胆なデザインの可愛らしい制服にしたところ女子生徒の入学希望が殺到、近年は倍率二倍を切ったことがないという。

しかし二つ目は大失敗、ぼくの父みたいに「こんな面白そうな学校に息子を入れられるなんてラッキー！」と喜ぶマニアしか惹《ひ》きつけなかったのだ。現在でも生徒の男女比は１：３０くらいである。

だから、ぼくの所属する図書委員会も、男はぼく一人だった。

「祐太《ゆうた》くん、書庫の電球替えてくれる？」

「カート全部、物置に運んどいて」

「紅茶、人数分淹《い》れてくれるかな。やっぱりお茶は祐太くんじゃないと」

「あたしのブラウスの洗濯《せんたく》、終わってる？」

……なんか図書委員会と関係ない用事混ざってない？

なんて思ってたのも最初のうちだけで、最近はもうこき使われることもあきらめている。

「やっぱり祐太くんがいるとはかどるなあ。最近帰るの早かったでしょ。いなくなってはじめてありがたみがわかるなんて、みんなでひどいこと言ってた」

放課後の蔵書《ぞうしょ》整理の作業を一通り終えて、司書室でみんなでお茶を飲んでいるときに、図書委員長の燈子《とうこ》先輩が言った。

「いつもごめんね。助かってる」

「い、いえ……」

日本人形みたいな黒髪の持ち主で、実際にどこぞのものすごいお嬢様だという噂もあるこの先輩は、物腰は柔らかだけれど、ぼくの周囲の女性としてご多分に漏れず、ぼくを好き放題いじくり回すのを当然の権利だと思っている人物である。ぼくが委員会をさぼると、涙をためて男子クラスに駆け込んできたりする、色々な意味であやうい人。だから、委員の仕事はかなり重労働なのだけれど、ぼくはだいたい毎日放課後に司書室に顔を出している。うちの学校の図書館は、どこのボルヘスですか？　というくらい謎《なぞ》にでかくて蔵書が多くて、たぶん全校生徒を動員しても今世紀中には整理が終わらないので、仕事はまったく尽きないのだ。

「でも、大丈夫？　おうちでなにかたいへんだったの？　疲れた顔してるし」

燈子先輩は、ぼくの目の下のツボをマッサージしてくれる。

「いや、ここんとこちょっと家事がたまってただけです」

エリやレマ、ガブリエルがうちに来てから二週間。家事の手間は四倍、おまけに毎晩のようになにかしら(主にガブリエルが)騒動を起こすので、気の休まるひまもなかった。ようやく最近、ガブリエルが出かける機会が増えて、落ち着けるようになったのだ。どこに行ってるのかは知らないけど。

「今度、祐太《ゆうた》くん連れてみんなでエステ部に行こうか」

燈子先輩はぼくの顔を指圧《しあつ》しながら、そんなことを言い出す。

「行こう行こう。あそこ、一年生連れてくとサービスしてくれるんだよね」

「祐太くんの玉のお肌は、図書委員会で責任持って維持しないとね」

「いや、あそこ女子ばっかでしょ」

エステ部は、エステティシャン志望の女子生徒が集まっていて、消耗品の費用だけでエステしてくれる部活だ。男子部員はいない。

「祐太くんなら大丈夫じゃない?」

「むしろ男子だって気づかれないんじゃない?」

んなわけねえだろ。

「わたしの服、着せてけばたぶん平気。ね、行ってみようよ」

燈子先輩が目を輝かせる。この人、ぼくに化粧させたり女物の服を着せたりする趣味さえなければ、いい人なんだけどなあ。

「エステ部、新しい顧問の先生が来たんだって」

「あ、知ってる知ってる、保健体育の先生でしょ、新任の」

「今日、校長室の前で見かけたよ。すんごい美人だった」

「あたしも見た、頭に羽はえてた」

ちょっと待て。……羽？

「その先生、駐車場で見かけたよ。真っ黒で高そうな車、倉庫に突っ込ませてた」

ぼくはがばっと立ち上がった。

「どうしたの祐太くん」先輩がぼくを見上げる。

「え、いや、あのう」

まさか。いやでも、あり得る。

「ちょ、ちょっと、エステ部、見に行ってもいいかなと」

「あら、ゆんゆん。奇遇《きぐう》ね」

グレイのジャケットにタイトスカートに純白のブラウスという見事な教師スタイルに身を固

めたガブリエルさんは、教室に駆け込んできたぼくを見るなり、なんでもなさそうに言った。

「奇遇じゃねえ！　あと、その羽はなんですか羽は」

完璧《かんぺき》な女教師モデルをワンポイントでぶち壊しにしているのは、頭の両側にくっついた小さな白い翼だ。たまに動いてる。

「これ？　一日中しまってると肩凝《こ》るから、こういう形で出してるの。可愛いでしょ」

「いやそういう問題じゃなくて――」

憤慨《ふんがい》するぼくを、一緒についてきた図書委員のみんなも、教室でレクチャーを受けていた最中らしきエステ部員たちも、教卓の向こうにいる学年主任のおばさまも、ぽかんとした顔で見つめている。やばい。思わず取り乱してしまった。

「と、とにかく、ちょ、ちょっと来てください」

ぼくはガブリエルさんの腕をつかむと、呆然とする一同を残して教室から引きずり出し、階段の踊り場まで連れていった。

「もう、乱暴にしないでよ。みんな驚いてたわよー？」

「ぼくがいちばん驚いてます！　な、なんでガブリエルさんがうちの学校にいるんですかッ」

「なんでって、赴任《ふにん》してきたから。避妊じゃないからね、赴任」

「そんな聞き間違いしねえよ！　じゃなくて、な、なんでっ？　どうやって、だ、だれをどうだまくらかして」

「失礼しちゃうわねえ。これでも地上生活長いんだから、色々免許持ってんの。だってゆんゆん生活費稼ぐ手段ないんでしょう、私が働かないでどうするの」

「あ……」

忘れてた。

いや、こんな大事なことを忘れるのは自分でもどうかと思うけど、父がいなくなって生活費を稼ぐあてが消えてしまったことは、ここ数日のどたばたの中で、すっかりぼくの頭から消えていたのだ。

「一緒に住んでるんだから、当然でしょ？」

「そんなまともなこと考えてたなんて……」

ガブリエルさんに引っぱたかれる。

「で、でも、なんでまたうちの学校なんです。ていうかどうやって」

「宗教法人系でしょ。大天使ガブリエルだよーんて校長に言ったら大喜びで雇ってくれた」

ンなてきとうな。大丈夫かこの学校。

「科目は当然、保健体育よ。男子生徒が少ないのが残念ねー」

ああそう、聖教育ね……。

「まあそんなわけでこれからは先生と呼びなさいね。そんじゃエステ部のレクチャーの途中だから、これで。終わったら一緒に車で帰りましょ」

「まっぴらごめんです」交通事故なんかで死にたくない。

「車はＢＭＷだし私は天使だし、事故っても平気よ？」

「ぼくは人間ですッ」ていうかその考え方するやつは車に金輪際《こんりんざい》乗るな！

別れ際のガブリエルさんの言葉で、ぼくはだめ押しで仰天《ぎょうてん》させられることになる。

「あ、そうそう、エリさまとレマさまの編入手続きも済ませたから」

「……なんですと？」

「神の子の生まれ変わりだよーんて校長に言ったら大喜びで」

「え、あ、いや、なんでまたこの学校に」

「だって一緒の方が、財団の連中がなにかしてきたときも対処しやすいじゃない。あの子たちだって学校くらいちゃんと通わないと」

ガブリエルさんがその日に限ってはまともなことばかり言うので、ぼくはほんとに腹立たしかった。その日、帰宅してみると、もう我が家にはうちの学校の女子制服や教科書が届いていたのである。仕事早いな校長。

レマは大喜び、さっそく制服を着てみせてくれた。やばいくらい似合う。エリは恥ずかしがって着ようとしなかった。「登校する日になったら着ればいいでしょ」と言ってくれたから、学校に行くこと自体がいやなわけじゃなさそうで、安心。

ガブリエルさんには反射的に噛《か》みついてしまったけれど、エリやレマと一緒の学校に行けるのは、やっぱり嬉しかった。二人とも、ぼくと同い年なのに一日中家に籠もって聖書とかその他小難しい文献を読んでるなんて、不健全だし。一緒の学校なら、なにかあったときにも安心だし。

でも、そうそうものごとはうまく運ばない。

我が家にはさらなる災難が送りつけられて——そう、文字通り送りつけられてきて、エリとレマの初登校は延び延びになってしまうのである。

＊

そもそも、平日の朝七時に宅配便がやってくる時点で、怪しかった。インタフォンが鳴っても出るべきじゃなかった。でも、レマが出てしまったのだ。はじめての登校日ということで早起きして制服を着てはしゃぎ回っていて、ぼく以外にも見せびらかしたかったらしい。

「ご苦労様っ、この服どうですか、似合ってる？」なんて声が玄関先から聞こえる。

「うんうん可愛いですよー、ハンコかサインお願いしまーす」

宅配便のお兄さんの声も聞こえて、ぼくはあわてて味噌汁の鍋《なべ》の火をとめて居間を飛び出した。玄関の三和土《たたき》には、レマの腰くらいの高さがあるでかい段ボール箱が置いてある。業者の姿はすでになかった。外で車の駆動音が遠ざかるのが聞こえた。

「……あ、あれ？　もう行っちゃったの？」

「うん、ちゃんと石狩ってサインしたよ」

家族だもんね、とレマは笑う。おいおい。だめだろそれ。まあいいか。

送り主の名前を見て、ぼくはぎょっとする。

「運ぼうか。祐くんそっち持って」

「……あ、う、うん。気をつけて」

えらい重い箱だった。居間に持っていくと、すでにエリとガブリエルも起きてきていた。それぞれ、パジャマ姿とキャミソール姿。目を覚ましたばかりらしい。

「なんでこんな朝早くに届け物……」

エリは眠たい目をこすっていたけれど、段ボール箱に貼られた伝票を見てはっとする。

送り主の名前は、『石狩邦男《いしかりくにお》』。エリは居間のガラス戸つき棚にずらっと並べられた、同じ著者名の本に目をやってから、ぼくの顔を見る。

「……祐太のお父さん」

「うん……」

なんか妙だ。箱のでかさも怪しいし、こんな時間に届けられたってのもそうだし、なによりこの伝票。

「生きてたのねえ。よかったじゃない。とか言って、箱開けたらお父さんがそのまま入ってたりして」

「怖いこと言わないでください……」

「祐くん、お手紙がついてる」

レマが、箱の側面に貼りつけてあった封筒を発見した。

……って、ちょっと待て。宅配便で、なんで箱の外に手紙がくっついてるんだ。おかしいだろ。普通、中に入れる。外に貼ったりしたら業者が受け取るときに注意するはずだ。車に積むときにどうなるかわからないから。

「……レマ、運んできたトラック見た？」

「ううん」

伝票はぼくもよく知っている宅配便業者のものだったけど、こんなの簡単に手にはいるし、取扱店のハンコ捺《お》してないし。怪しい。なにもかも怪しい。

「なんでそんなに警戒してるの、祐太」

「あのろくでなしの送ってきたものだとしたら、きっとなにか面倒なものにきまってる」

「とりあえず開ける前に手紙読めってことなんじゃないかしら」

そうかもしれない。ぼくはその茶封筒を開いた。

『ごきげんよう祐太くん。お父さんです。お元気ですか。編集さんとは仲良くやっていますか。お父さんは祐太くんが心配で心配でしかたがないのですが、旅先の温泉がなかなか居心地がよくて長逗留《ながとうりゅう》しています。芸者さんと野球拳《やきゅうけん》たのしいです』あの野郎ぉおおおお。『それはさておき、祐太くんもイスカリオテのユダの記憶がなかなか戻らなくて苦労していると思います。ここだけの話ですが、お父さん、祐太くんが生まれるときに執り行った転生の秘術で失敗しちゃったみたいです。ユダの死因が首つりなのか転落死なのか、はっきりさせない限りは記憶は戻らないままです。このままではオカルト本もネタ切れで困るでしょう。そう思って、召喚してあったサタンを送ります。開けるときは注意してください。餌《えさ》はなんでも食べますけどさみしいと死んじゃいます。がんばって育ててくださいね。それでは』

父だった。間違いなく父だった。こんな便箋《びんせん》一枚で、ここまで人を怒らせる文章が書けるのはあいつしかいない。破り捨ててやろうかと思ったけど、後半とんでもねえことがいっぱい書いてあるので思いとどまる。

サタンを、送る？

ぼくはもう一度、その巨大な箱を見やる。天面《てんめん》と側面《そくめん》にそれぞれ、『魔王在中　天地無用』と朱書きされている。アホか。本気なのか？　あの父の言うことだからなあ。

なにがどういう理屈で、サタンなんだろう。父も、ユダの死因がどうのこうのと書いていた。みんなしてよってたかって、ぼくの前世の死《し》に様《ざま》を気にしてる。あいつもぼくがユダの記憶を取り戻したら財団に口出しできると思ってるクチか。どいつもこいつものんきなもんだ。

「サタンだってエリちゃん」

「レマ、退《さ》がってて」

砂漠谷《さばくたに》姉妹は露骨に警戒して、すでにそれぞれの手のひらの聖痕を光らせている。ガブリエルさんは逆に興味津々、嬉しそうに目を光らせている。

「いや、たぶんそんな大層なものは入ってないと思うけど」

「なんで祐太はそんなのんきなの」

いや、だってさ。ぼくは伝票を箱からはがした。ほらね。なんにも起きない。どうせセガサターンがぎっしり入ってるとか、そういうオチだよ。

段ボールの端に指をかけたときだった。不意に、ぞわっと全身の毛が逆立つのを感じた。ぼくの脳裏に、黒と赤が浮かび上がった。業火に灼《や》かれてねじくれた無数の影。なんなんだこれは。やばい。これはやばい。でももう遅い。魅入《みい》られる。頭の中で、その穢《けが》れた名を讃美《さんび》する数百万の合唱と鐘号《しょうごう》が痛いほどに反響する。

「祐くんッ」

胴にだれかの腕が巻きついて、ぼくを箱から引きはがした、まさにその瞬間だった。段ボールの天面が甲高い音とともに爆《は》ぜ、真っ黒な光が幾筋も噴き出してあたりを薙《な》ぎ払《はら》った。エリとレマが同時に聖句を口走るのが聞こえ、聖痕の光が目を射貫き、吐き出された荊が箱に巻きつき、百卒長《ロンギヌス》の槍のきらめきがぼくの視界に踊る。

次の瞬間、ぼくは信じがたいものを目にする。

黒い光が放射状に広がり、荊冠の蔓のことごとくをばらばらに切り裂いて散らせた。それだけじゃない。エリの手から百卒長《ロンギヌス》の槍をもぎ取り、呑み込んでかき消してしまったのだ。神の子の血を受けた聖痕の力の発現を、一瞬にして——

開け放たれた箱の中から、まるで蝙蝠《こうもり》の群れのような無数の影がばざばざとすさまじい勢いで宙に排出されては雲散霧消《うんさんむしょう》し、そしてその底からしゃがれた声が響く。

「——大君よ、支配者よ、戦士たちよ！　かつて手中にあり、今は失われた天国の精華《せいか》よ！」

全身がびりびりと震える。意識の半分が根源的な恐怖を、もう半分が焼けつくような歓呼を叫んでいて、引き裂かれそうだ。

「目醒《めざ》めよ！　起《た》てよ！　さもなくばとこしえに堕《お》ちているがよい！」

黒い光がその怒号とともに強まり、ぼくはのけぞった。意識が薄れかける。

でも、その光は唐突に消えた。

ちぎり取られそうなほどに舞い上がっていたカーテンがゆっくりと下りてきて、床でのたくっていた荊冠の切片がすうっと消え、空気を震わせていた残響は拡散し、やがて静寂がやってくる。

気づくとぼくは、壁際にいた。押し流されたのか自分で後ずさったのか、憶《おぼ》えていない。ソファに制服姿とパジャマ姿が倒れて、金銀の髪が散らばっている。泡を食って駆け寄った。

「エリ、レマ、大丈夫っ？」

「う、うん……」

「なに、今の……」

二人は顔をしかめて薄目を開ける。よかった、無事だ。ぼくもつられてその場にへたり込みそうなくらい安心する。

かさ、と物音がした。箱の方からだ。はっとして向き直ったとき、箱の中から、肌の黒い腕がにゅうっと出てくるのが見えた。

「……え？」

それは、どう見ても、子供の腕だった。小さな手のひらがぱたぱたと箱の縁を探り、それから段ボールの端をぎゅっとつかみ――

その小さな影は、立ち上がってもなお、胸から下が箱に隠れていた。

ぼくは呆然としてしまう。

女の子だ。どうがんばっても十歳くらい、黒曜石みたいになめらかな肌に、新月を思わせる瞳に、波打って光る青みがかった長い髪。

ぼくと目が合う。その可愛《かわい》らしい顔が、怪訝《けげん》そうに歪む。こっちは、どんな顔をしていいのかわからない。そのとき。

「……ル、ルシフェルさまッ？」

ガブリエルさんの素《す》っ頓狂《とんきょう》な声が響いた。ぼくの頭上を飛び越えて、大天使は段ボール箱のすぐ前に着地すると、がばっとその女の子を抱き上げて頬《ほお》ずりする。

「ルシフェルさま！　やっぱりルシフェルさまだ、逢いたかった！」

「こ、こら離せ、そなたガブリエルか！　持ち上げるな！　な、なぜそなた、いつの間にそんな巨人のように大きくなって――」

真っ黒な女の子は、手足をばたばたさせてガブリエルさんを突き飛ばすと、カーペットの上に尻餅をついた。とんでもねえことに全裸だったけど、ぼくはもうあまりの事態に仰天していて目をそらすことも思いつかなかった。

ルシフェルさまと呼ばれたその娘は、自分の小さな身体を見下ろし、ぺたぺたと手足や胸を触って確かめ、やがてその目を見開いて絶叫した。

「なんじゃこの躯《からだ》はぁあああああああああああッ」


緊急措置《そち》として、レマが自分のパンツとぼくのTシャツを持ってきてくれた。魔王はちっこいので、Tシャツ一枚でも膝《ひざ》まで隠れる。そのかっこうは、それはそれでどうかと思うのだけれど、合う服がないのだからしょうがない。

ソファに腰掛けたガブリエルの膝の上で、堕天使の長は傲岸に鎮座していた。

「……え、と、つまり……ほんとにサタンなわけですか」

ようやく気持ちが落ち着いてきたぼくは、おそるおそる訊いてみた。

「るーを敵対者《サタン》と呼んでよいのは、いと高き者とその剣、ミカエルだけじゃ」

魔王はぼくをにらんで言う。

「そなたのようなただの人間なぞ、敵でもなんでもない。分をわきまえるがよい」

その姿で言われても、全然迫力ないんだけど。

「じゃあ、るーしーって呼んでもいい？」

レマがその青黒い髪をなで、ぺたぺたと頬を触りながら言う。小さな魔王はくわっと牙《きば》を剥《む》いた。「無礼者！」

エリが妹の肩を引っぱって遠ざける。

「レマ、ばか！　サタンに近づかないの！」

「でも、あんなに可愛い女の子だよ」

「そんなの見かけでだましてるにきまってるでしょ！　ガブリエルも、なにしてるの！」

「エリさまは知らないでしょうけどっ」ガブリエルはびしっと指を突きつけた。「ルシフェルさまは『光掲げる者』、万軍《ばんぐん》の憧れ、堕天《だてん》する前は盗撮写真集もいっぱい出てて、なにを隠そう私は全部そろえてたり！　あーもうこんなにちっちゃくなっちゃって、たまんないっ」

「ぎゅうぎゅう抱きつくなガブリエル、ばかもの！」

天界もろくでもねえ場所だな……。

「それにしてもルシフェルさま、どうされたんですか。なんでこんなにろりろりな身体に。しかも段ボール箱詰めなんていうマニアックプレイに」やらしい言い方すんな。

「ずうっと氷漬けだったからわからぬ」るーしーはぷいっとそっぽを向いた。「るーを喚《よ》ぶ声がして、気づいたら箱に詰められて封印されておった。召喚者《しょうかんしゃ》め、だれかはっきり見えぬままじゃったが、今度見かけたら骨まで喰《く》らってやる」

「じゃあ私が温めてあげますっ」とガブリエルはさらに腕に力を込める。るーしーはたまらず身をよじってその腕から逃げ出し、カーペットを這ってこっちまで避難してきた。

「だいたい、ここはどこじゃ、地上か？　るーの軍勢はどうなった！　いと高き者はどこじゃ、るーを討ったあの神の軍勢はどこにおる！」

「あー、えーと」なんか馬鹿馬鹿しいと思いつつも、ぼくは丁寧に答えてしまう。「味方の軍は全員地獄じゃないかな。あとそこの二人が神の子です」

床にぺったり座ったるーしーは、つぶらな瞳でぼくを見上げた後、エリとレマにちらっと目をやり、ふんと鼻で笑った。

「そういえば、さっき救世主のにおいがちらとしよったな。ひとひねりじゃったが。いと高き者の子も大したことがないの」

「こ、この悪魔！　甘く見ないで！」エリが憤慨して立ち上がる。

「エリちゃんだめだってば、小さい子いじめちゃ！　それに百卒長《ロンギヌス》の槍も荊冠も再生するのにしばらく時間かかるよ！」

レマが姉を羽交い締めにして止めた。

「悔しかったら聖痕の力なしでるーに勝ってみよ、軟弱者め」

るーしーはエリにあかんべーをしてみせた。エリの顔が真っ赤になる。

「レマ離してっ」

黄色いパジャマと黒いTシャツはもみ合いになった。

「あ、こら、ばかもの、くすぐるな、ずるいぞ、るーの方が腕が短いのに！　離せ！　高い高いをするでない！」

「わたしも混ざるっ」レマも飛びつく。エリと二人がかりで持ち上げられていいようにいじくり回されたるーしーは、手足をばたばたさせて、そのうちぴーぴー泣き始めた。おまえ、さっきの勢いはどうした。っていうか魔力使えよ。あれは箱開けたときに全部吐き出しちゃったのかな。ガブリエルさんをちらっと見ると「泣いてるルシフェルさまも可愛い……」とうっとりした目。だめだこりゃ。さすがにかわいそうになってきたので、ぼくは聖姉妹の間に割り込んで、幼い魔王の身体を引ったくるようにして助け出してやる。

「お、お、憶えておれ！」ぼくの腕にしがみつき、髪を震わせ、べそをかいて、るーしーは叫んだ。「るーが熾天使《してんし》の身体を取り戻した暁《あかつき》には、そなたら真っ先に服を焼き尽くして日焼けさせてひりひりお肌で三日三晩悶《もだ》えさせてやる！」

「祐太、あなたどうしてサタンをかばうの！」

「い、いや、だって……べつに悪いことしなさそうだし、小さい女の子だし……」

ぼくの身体にしっかりと抱きついて、るーしーはエリに警戒の視線。魔王と聖少女のにらみ合いに火花が散る。

父も、また厄介なものを送りつけてきたものだ。なんでサタンなんだ？


「学校に電話してきた。今日はお休み。ルシフェルさまと一日中一緒にいられるわー」

ガブリエルさんはうきうきした顔で電話のところから戻ってきた。

「エリさまとレマさまの挨拶もちょっと延期。職員室に話通しておいたから」

「せっかくの初登校日なのに……」

レマは制服姿のままカーペットの上に正座してしょんぼりしている。

「だってしょうがないでしょ。さっきので、家中の瓶詰めがガタガタ言ってる。なんとかしないと」

いつものシスターの服に着替えたエリは、腰に手を当てて口を尖《とが》らせる。

るーしーが箱をぶち破ったときの魔力放射を受けて、父の書斎や書庫に保管してあった瓶詰め悪魔たちが大興奮で活性化しやがったのだ。この際だから、全部地獄に送り返してやろうという話になった。レマとガブリエルがエリを手伝っても、一日仕事だ。るーしーが焼き切っちゃった聖姉妹の武器の再生を待たないといけないらしいし。

「それに、こんなの家に置いて、四人とも学校に行くなんてできない」

こんなの呼ばわりされたるーしーは、今はぼくの隣にぴったりくっついて座っている。

「そんなに祐太にくっつかないの！」と、エリはるーしーをほとんど抱っこするようにして引きはがした。

「るーが一緒に学校とやらに行ってやってもよいぞ。いずれみな、るーのものになる地上じゃ。見聞を広めるのも悪くはない」

「なに言ってるの。ちゃんと小学校から入らないとだめ」とエリ。話が噛《か》み合ってねえ。

「小学校って、ええと、なに、るーしーもうちの子になるわけ」

ものすごい勢いで増えていく自分の家族に、ぼくはちょっと気が遠くなる。

「るーはまだ地上に慣れておらぬ。躯が戻るまで、ここにいてやってもよいぞ」

傲慢《ごうまん》な魔王さまはそう言って、ソファの背もたれによじ登り、ぼくをがんばって見下ろそうとする。はいはい。

「喚び出したのは親父だし、しかたないから、面倒見るけどさ……」

嘆息《たんそく》。もういいや。頭痛の種が三人から四人に増えたところで、大して変わらないだろう。

「でも、なんでゆんゆんのお父さんはルシフェルさまを送ってきたのかしら」

ガブリエルさんはるーしーを挟んでソファの反対端《はし》に座ると、父からの手紙を読み直す。

「どうも、ゆんゆんの記憶が戻らないのと、ルシフェルさまが関係あるみたいな書き方ね」

「……そうですか？　頭がおかしいやつが書いた支離《しり》滅裂《めつれつ》な手紙にしか見えませんけど」

エリとレマも、手紙を読み返そうと膝歩《ひざある》きで寄ってきた。るーしーは一同をきょろきょろと見回している。そのとき、いきなりガブリエルさんがぼくの手首をつかんだ。

「な、なにす――わああああああっ？」

ガブリエルさんは、ぼくの手をるーしーのTシャツの胸に突っ込んだ。ひやりとした肌の触感。ぼくはぶったまげて腕を引き抜く。

「ガブリエルなにしてんの！」エリがぽかぽかと大天使の膝を叩く。

「な、な、な、なにしやがります！　犯罪者になりたかったらひとりでやってください！」

当のるーしーはぽかんとした顔で、「なんじゃ、このようなかりそめの身体、触りたいならべつによいぞ」などと言いやがる。

「ゆんゆん、なんともない？　思い出さない？」

「だからなにがですかっ」

「ルシフェルさま、失礼しますねー」

ガブリエルさんはるーしーのシャツの襟口をぐっと胸の方に引っぱって広げた。

「だからあんたなにして――」

ぼくの抗議の声は途中で消えた。

るーしーの首のまわりに、肌の黒さよりもなお黒い、いくつもの円形が刻まれていた。刺青《いれずみ》かなにかだろうか。三重《さんじゅう》──いや、四重《よんじゅう》円だ。

「な、なんですかこれ……」

「るーの罪痕じゃ。《嘆きの川《コキュートス》》。あのくそ忌々しい至高者が刻みよった。るーの力を封印しておる枷《かせ》でもある」

「ほら、ゆんゆん、ここ見て」

ガブリエルさんの指が、るーしーの右肩をさす。刻まれた円周上に、ひとつずつ、なにかの文字列が添えられていた。

"Caina"

"Antenora"

"Ptolomea"

ガブリエルさんの指が黒い肌の上を滑り、いちばん内側の円の銘《めい》にたどり着く。

"Judecca"

「これ、ゆんゆんの名前が由来よ。ジュデッカ」

「……『神曲』の話？」と、エリがガブリエルを見上げてつぶやいた。

「そうそう」

それでぼくも、少し思い出す。十三世紀イタリアの詩人ダンテが残した、地獄から天国までを巡る壮大な叙事詩『神曲』。その地獄篇の巻末で、地獄の中心部《嘆きの川《コキュートス》》の氷壁に囚《とら》われた魔王ルチフェロ、つまりルシフェルが登場する。その最終封印〝Judecca《ジュデッカ》〟の名は〝Judah《ユダ》〟に由来するのだと、たしか父は自慢げに講義してくれた。

「ゆんゆん、ここん家『神曲』は置いてないの？」

「ありますけど、どこにあるのかは、探さないと」父の書庫を探るのはいやだなあ。

「うーん、私も細かいこと憶えてないのよねー。とにかく、ゆんゆんとルシフェルさまに浅からぬ関係があるのはたしかだから、お父さんもそのつもりなんじゃないかしら。ルシフェルさまがこんなにちっちゃい身体なのも、完全に封印が解けてないからかも」

「それって——」

エリは、ぼくの腕をつかんで、ソファからいきなり引っぱり下ろした。なにをする。

「ま、まさか、祐太がサタンの封印を解く鍵《かぎ》って意味なんじゃ」

「そうかもしれないわね。ついにルシフェルさまの熾天使コスがまた生で拝めるのね。濡れちゃう。すごいのよほんと」おまえほんとに天使かよ？

「ひょっとしてこの者、イスカリオテのユダか。妙なにおいがすると思っておったが」

るーしーはぼくをじろじろにらむと、いきなりソファからぼくの膝の上に飛び降りてきた。

「わ——いてててててっ」

ぼくは思わず変な声をあげていた。るーしーが、いきなりぼくの手首に噛みついてきたのだ。振り払うと、しっかり歯形がついている。

「祐くん食べちゃだめっ」レマがるーしーの首根っこをつかまえてぼくから引きはがす。

「……ふむ。憶えのある味じゃ。るーが永久氷壁の中に囚われていたとき、この味だけが記憶にある。ユダ、近う寄れ。もそっとがじがじさせろ」

「だめ！　祐くんのお肉はみんなのものなの！」ぼくのものだよ。ていうか食い物じゃねえ。

「減るものでもないじゃろう」

「食いちぎられたら減るよ！　さっき本気で歯ァ立ててただろ！」

るーしーは下唇に人差し指をあてて、さみしそうにぼくを見つめる。あんだけめちゃくちゃ言っておいて、そのいとけない目はやめてくれないだろうか。

「るーしー、ひょっとしてお腹《なか》空《す》いてるの？」

エリが訊ねると、魔王は素直にうなずいた。しかも腹がぎゅるっと鳴る音が同時。

「祐太、朝ご飯にしようか」とエリはため息混じりに言った。

うちの朝食はいつも和食だ。ご飯に味噌汁、アジの開き、浅漬け、納豆。五人分ともなると大量の食器がテーブルに並んで、いっぱいになる。

エリやレマ、ガブリエルさん——教会暮らしだった人たちがうちに住むようになってから、めちゃくちゃ続きだったけれど、ひとつだけ悪くないと思ったことがある。みんな食卓にそろってお祈《いの》りしてから食事を始めるという習慣だ。

食卓の真ん中の椅子に座布団を四枚重ねて（座高が足りないので）陣取ったるーしーは、箸《はし》を両手に一本ずつ握《にぎ》りしめて、次々運ばれてくる皿や茶碗《ちゃわん》や木椀《もくわん》にきょときょとと目を動かしている。自分だけ先に食べたりしないという礼儀はわきまえているようだった。変な子だ。

全員椅子について、お祈りを済ませ、食べ始めてからも、るーしーのきょろきょろは止まらなかった。両側にエリとレマ、向かい側にぼくとガブリエルさんが座っているのだけれど、四人それぞれの手元と自分の手の箸を見比べては、難しそうな顔をする。

ああ、ひょっとして。

「……箸の使い方、わからない？」

「ばかもの。見ればわかるっ」

がんばって真似しようとしているるーしーの右手の指の間で、箸がふるふるしている。いちばんつかみやすそうだと思ったのか、大根の漬け物におそるおそる箸先をつけた。

べちゃ。漬け物はテーブルに落ちる。

「う、うう……」

魔王の目にじわっと涙が浮かぶ。

「泣くなよ……」

「祐太、スプーン持ってきてあげたら」

「ばかにするでない！　るーは誇り高き暁の子、万魔《ばんま》の王じゃ！　こ、こんな棒二本、そなたらが使えているのにるーに扱えぬはずがないじゃろ！」

大根の漬け物は、ぼた、ぼた、と何度も箸から落ちながらも二センチずつ移動していって、ようやくるーしーのご飯茶碗に到着した。でもその先は無理だった。ご飯を口に運ぼうとすると、箸先が×字に交差して飯粒《めしつぶ》が散ってしまうのだ。

「るーしー、食べさせてあげる。あーんして」

レマの手を振り払って、るーしーは椅子から飛び降りた。

「み、み、見ておれ！」

「どこ行くの」

「練習してくるっ！　るーがこの棒二本で星々もつかめるようになったところで、後悔しても遅いぞっ！」

なんでぼくらが後悔しなくちゃいけないんだ。ちっちゃい魔王はどすどす足音を響かせ、ダイニングを出ていった。なんにも食べてなくて、胃がきゅうきゅう鳴ってるのが聞こえてたんだけど、いいの？

「連れ戻してくるっ」

立ち上がろうとしたレマを、エリが止めた。

「やめなさい。あれ生まれつきの意地っ張りなんだから。神様に刃向かうくらいの」

なんか、昔からの知り合いみたいな言い方。いや、ある意味、そうなのか。

「だってお腹ぎゅるぎゅる鳴ってたし、泣きそうだったし、かわいそう」

「練習するって言ってるんだから、箸使えるようになるまでほっとけば」

「エリちゃんはどうしてそんなに悪魔に冷たいの？」

「悪魔だからでしょ！」

ぷうっとむくれたレマは、憤然と立ち上がって部屋を出ていった。でも一分後、涙目で手の甲《こう》に赤い筋をいくつもつくって戻ってくる。

「物置に隠れてた。引っ掻《か》かれた……」

「ほら見なさい」

猫かよ。

「なんだか、末の娘が新しく生まれたみたいねえ、あなた」

「あなたって言うな」

ぼくはガブリエルさんを肘でどついた。その、幸せ夫婦生活満喫してますよみたいなとろけそうな顔はやめろ。

「だって、ゆんゆんが父親役で私が母親役みたいなものでしょ？」

「そのわりに家事一切しないよね！」

「おっと。旧弊的《きゅうへいてき》な常識が染みついたゆんゆんのために、わかりやすく言い直すね。私が父親役でゆんゆんが母親役」

やばい、その通りなので反論できない……。言い返す言葉を探していると、レマがテーブル越しにぼくの手を握る。

「るーしーなんとかしてあげて、お母さん」

「お母さん呼ぶな」

朝食を終えて台所で洗い物をしていると、エリがやってきて腕まくりをし、手を洗って、炊飯器に残ったご飯に塩をふり始めた。

「……なにしてんの？」

「……ん」

はっきり答えず、エリはご飯に手を突っ込む。熱いのか、わたわたとご飯の塊を左右の手で転がしている。皿の上に、形も大きさもばらばらの白い塊が三つ並んだところで、おそるおそる訊いてみた。

「……ひょっとして、おにぎり作ろうとしてんの？」

「み、見ればわかるでしょ！」

いや、見てもわからないから質問したんだけど。なんでおにぎり？　お昼のぶん？　と訊こうとして、思い至る。なるほど。そういうことか。

「卵焼き、つけとこうか。箸の練習にいいと思うんだけど」

考えを見透かされたのが腹立たしかったのか、エリはむーっとした顔でぼくをにらんで、でもうなずいた。

握り飯とだし巻きを載せた皿だけを武器に、魔王の籠城《ろうじょう》する物置へと向かうエリを見送って、ぼくはブレザーに袖《そで》を通し、ダッフルコートを羽織って鞄《かばん》を持ち上げる。

「祐くんは学校行くの？　いいなあ」

うらやましがるレマ。ガブリエルさんも一緒に玄関まで見送りに来てくれた。

「早く帰ってきてね、あ・な・た」

「いや、もうそのネタやめましょうよ」

「四人目は男の子がいいわね？　今夜も励みましょう」

「だからっ」

抗議しようとしたぼくの声は、不意にガブリエルさんの顔が近づいてきたので、喉の奥に引っ込んでしまう。頬に押しあてられた柔らかい唇の感触に、ぼくは飛《と》び退《の》いて、ドアに後頭部をぶつけた。な、なにしやがる。

「なにって、行ってらっしゃいのキス。ゆんゆんは反応が可愛いなあ」

「わたしもするっ」

レマも飛びかかってきたので、ぼくはあわてて後ろ手に開いた玄関から逃げ出した。

＊

家のことが心配で、授業も、放課後の図書委員の仕事も、全然身が入らなかった。そうするとやっぱり図書委員長の燈子先輩には勘づかれてしまう。

「ちゃんと寝てないでしょ？　それと朝ばたばたしてたでしょ？　わかるんだから」

燈子先輩はそう言って、化粧水を染み込ませた脱脂綿《だっしめん》でぼくの顔をぬぐってから乳液《にゅうえき》をつけてくれた。ぼくのスキンケアもこの人の趣味である。

「ところで、今日は他の人たちはどうしたんですか？」

ぼくはがらんとした司書室を見回して訊ねた。キチネットに大きなガラステーブルに観葉植物、上等オフィスみたいな部屋だったけど、なにぶん古書に配慮して照明が薄暗いので、二人だけだと妙な気分になってくる。

「今日は、大聖堂の方でまた新しく本がいっぱい見つかったから、それの仕分けでみんな出ちゃってるの。言わなかったっけ？」

あー、それはたぶんぼくが休んでいたときの話なんだろう。

「先輩とぼくは行かなくていいんですか」

「だって、こうして二人きりになれないじゃない？」

なんだよそれ。……なんだよそれ！

おかしいぞ。なんか妙だ。今日の先輩の様子も、図書室の雰囲気も。

「そろそろお茶にしようか？」

「え、あ、あの」仕事全然やってませんよね。

「たまにはわたしがお茶淹《い》れるね、面白いハーブティが手に入ったの」

先輩はキチネットに立って、すぐに戻ってくる。

「水出しを温めるから、三十分くらいかかるかな。その間――」

「あ、そ、それじゃ書架《しょか》の整理してますね、用意できたら呼んでください」

ぼくはあわてて立ち上がると、図書室の方に出た。

燈子先輩がぺたぺた触ってくるのはいつものことなんだけど。なんでだろう、今日に限って妙に気になる。

その不安は、少し後で具体化した。

かび臭く、迷路みたいに入り組んだ、学術書コーナーの一角。民俗学《みんぞくがく》や人類学《じんるいがく》の書架を見回っていて、ぼくはそれに気づいた。このへんは禁帯出《きんたいしゅつ》の本も多く、そうでなくてもめったに借り出す人がいないので、本の並びが乱れていることはまずない。でもフレイザーの『金枝篇《きんしへん》』のあたりがぐちゃぐちゃになっているのが気づいた。全八巻の間にべつの本が突っ込まれているのだ。

なんだこれ……『返還国有財産処理通達集《へんかんこくゆうざいさんしょりつうたつしゅう》』？　こんな本あったのか。財務省関係の資料らしい。それから『セヴィリアの理髪師《りはつし》』。オペラの対訳本だ。なんでこんな場所に。

妙なことに、『金枝篇』の巻と巻の間に、その二種の本が一冊ずつ挿されている。同じ本が、何組も何組も、だ。

だれかのいたずらかな……と思って、近くにあった脚立を引っぱってきて、棚に手を届かせようとしたとき、ぼくは不意にそれに気づいた。

その三種の本のタイトルの、一文字目が、こう並んでいる。

『金』『返』『セ』『金』『返』『セ』『金』『返』『セ』『金』『返』『セ』

——金返せ。

ぼくは脚立からずり落ちそうになった。いや、まさか。そんな。

頭で必死に否定しながらも、動悸《どうき》はばくばく高まっている。だって、そんなこと、あるわけがない。ぼくがこの書架を最初に見回るってきまっていたわけじゃないし。でも、耳の中であのときの電話の甲高くいやらしい男の声がこだまする。

『どんなことをしても取り立てます』。

ぶんぶん頭を振って、挟まっていた財務省資料とオペラ対訳本を残らず抜き取った。きっと偶然だよ、それか、だれかのいたずら。

「祐太くん？」

「わわっ」

いきなり背後から小声で呼ばれて、ぼくは持っていた本を残らず床に落としてしまう。

「しーっ」振り向くと、燈子先輩が唇に指をあてている。「お茶できたよ」

ぼくはほうーっと息をついた。びっくりした。

なんだか怖いので、回収した本はひとまず脚立の上に置いて、司書室に戻った。

「あそこの棚、そんなに乱れてた？　最近全然借りる人いないけど。たまに休み中の自由研究でだれかが使うくらいかな」

燈子先輩は品の良いガラスのティカップにお茶を注いでくれながら言う。

「あー、と、だれかがいたずらしたのかも」

気のせいだったことにしたいなあ。それに財団も、いくら嫌がらせっていっても、あんな遠回しなことなんてしないだろう。

「祐太くん書架整理好きだよね。やっぱりお父さんがいっぱい本持ってるしいっぱい本書いてるからその影響？」

「いやいやいや」

この人は、ぼくの父を作家だと思っている。著書を一冊でも読んだらそんな認識は吹っ飛ぶだろう。

「家の本棚がぐっちゃぐちゃなんですよ。だから、図書館みたいにきれいに整理されてるの見るとなんだか安心するんです」

「苦労性だなあ」と先輩は笑う。「みんなでいつも言ってるんだけどね。祐太くんが女の子だったらよかったのにって。そしたらお嫁さんにできるのにね。金返せ。お料理もお洗濯もお掃除もしてくれるし、気遣ってくれるし、きっと可愛い子供が生まれるしって」

ぼくはぎょっとして先輩の顔を見た。

「ん？　どうしたの？　わたしなにか変なこと言った？　あはは、お嫁さんは冗談だよ？」

言いました。いやその、お嫁さんのちょっと後に。聞き間違い？　聞き間違いだよね？

「だって、わたしたちもみんな女だし。あ、でも、金返せ、化粧品を二人で色々試せるのはいいかもね。肌に合わなくてももう一人が使えるかもしれないし。前から思ってたんだけど祐太くん金返せ、リップグロス塗ってみたら？　今度お気に入りの持ってくる」

ぼくは椅子を引いて、燈子先輩から離れる。聞き間違いじゃない。たしかに燈子先輩が言っている。なんだこれ。え、なにが起きてるの？

「あ、ごめん引いちゃった？　大丈夫だよ金返せ、なるべく目立たないのにするから金返せ。ちょっとつけてもらいたいだけ。金返せ。司書室のみんなで写真撮ったら金返せ元通りにしてあげる。あ、でも、金返せ授業中につけたままで先生が気づくかどうか試してみたりも面白いかもしれないね金返せ」

もう限界だった。ぼくは鞄を手に立ち上がった。背中に毛虫の群れを突っ込まれたみたいな悪寒。なんだこれ。なんなんだ。だれだ。財団か。財団が——先輩を操って？　しかも先輩自身が気づいていない？　とにかくやばい、と思った。ぼくがここにいたら、さらにどんなひどいことが起きるかわからない。

「あ、あの、ごめんなさい先輩、家の用事があるんで、そろそろ帰ります」

「え、ゆ、祐太くん？」

燈子先輩も目を丸くして立ち上がる。ぼくは逃げ出した。司書室の扉を押し開き、図書室の肌に染み通るような静寂の中を走った。

＊

「それは……ずいぶんな嫌がらせねえ」

キムチの瓶を湯煎《ゆせん》にかけながら、ガブリエルさんが眉をひそめて言う。

「い、い、いや、ずいぶんなっていうか、あんなことやってくるなんて」

学校から飛んで帰ってきてすぐ、台所にいた大天使に、司書室で起きたことを話したのだ。

「財団はやばいことできるやつら多そうだから。明日学校行ったら、とりあえず図書館に結界《けっかい》張っとくか……私の力でどうにかなるかしら」

もう学校行くのが怖くてしかたがない。燈子先輩、大丈夫だろうか。まさか財団に洗脳されたとか改造されたとかだったらどうしよう、ああ、でもそのまま逃げてきちゃった、ぼく腰抜けだ。先輩になにかあったらどうするんだ。

「あ、あのっ、三十銀貨財団て、いったいどんな連中なんです?」

「さあ。詳しくは私もわかんない」

お湯の中の瓶を菜箸《さいばし》でつつき回しながらガブリエルさんは肩をすくめる。

「構成員も、規模も、なにもかも謎なの。まともな連中じゃないのはたしかなんだけどね。だって天使にも悪魔にも金貸し付けて、二千年間もあきらめないんだから。そろそろ見逃してくれてもいいのになあ。地上まで逃げてきたのにどうして居場所ばれるんだろう」

そりゃあんたが隠れる気ゼロだからだろ……。今も、あの背中全開のキャミで、白い翼は丸見えである。寒くないんだろうか。

「これからなにやってくるか、わかりませんか」

「ゆんゆんがうんざりするようなことを、思いつく限りやってくるんじゃないの?」

「どうしよう……」

「平気平気。対処法なんて簡単よ」

ガブリエルさんはぼくの両肩に手を置いた。

「気にしなきゃいいだけ」

「ぼくはあんたとちがって普通の人間なんですッ」

「ゆんゆんもさっさと記憶を取り戻しなさい。借金帳消しの夢は消えちゃったけど、罪痕《ざいこん》が戻れば、こう、かっこよく戦えるようになるし、この小説もバトルものに方針転換できるし」

「そういう裏事情は喋らないでくれないかな」

「ゆんゆんがいつまでもへたれたままじゃ、現代学園無能に分類されちゃうわよこの話」

「変なジャンル捏造すんな！」

「だってメインキャラで痕持ってないのはゆんゆんだけだし……私だって持ってるよ？」

「そもそも罪痕ってなんなんですか。天使なのにあるの？」

「私とかエリさま、レマさまみたいな、清らかな存在が持っているのは聖痕《せいこん》といいます。おのれら穢《けが》れた連中のが罪痕」

自分で言ってて恥ずかしくないのかあんたは。

「まあ、全部一緒なんだけどね。身体のどこかに、至高者がつけた傷があるの。私はここ、お尻のちょっと上」

「いやいやいや見せなくていいですから！」

「《白百合《テオトコス》》ってので、触れるだけで処女を妊娠させるという恐るべき能力を持っているのだ！」

「社会の迷惑だからとっとと天国帰れ」

「おまけの能力としてソドムとゴモラを滅亡させることもできます」

「そっちがメインでいいだろ！」

ガブリエルさんはぼくの肩をぽんぽん叩いた。

「とにかく早く思い出しなさい。エリさまもレマさまも、自分の身も、守れるようにね」

「はあ……」

そうできれば、いいんだけど。

「よーしそろそろ弱ってきたかなー」

ガブリエルさんは湯煎にかけていた瓶を引っぱり上げる。熱で中の悪魔をじわじわいじめて弱らせてからだと、地獄に追い返すのが楽なのだそうだ。えらい家庭的な手間のかけ方である。でも、ぼくにできるかというと、もちろん無理だ。

戦えないから。それは、いつか蝿の悪魔どもが出てきたときも、あるいはるーしーが箱をぶち破ったときにも、痛感した——

ぐに、と二の腕になにかの感触。

振り向くと、黒くてちんまい影がぼくの腰のあたりにぴったりくっついていた。るーしーだ。あいかわらずTシャツの裾《すそ》から素足。握った箸で、ぼくの腕をつねっている。

「なんだよ、こそばゆいから……」

って、あれ？

「どうじゃ！」胸を張る魔王。箸が使えている。ちゃんと、親指の付け根を支点にして、上下の箸を二本ずつの指で動かせている。

「すごい。できるようになったんだ。一日練習してたの？」

「エリがの、焦《こ》げだらけの卵焼きを次々運んできよるのじゃ。焦げたところを箸で除かんと食えたものではなかった」

「こら、るーしー！　そんなこと祐太に言わなくていいの！」

台所にエリが怒鳴り込んでくる。ぼくと視線が合うと、かあっと赤面する。

「あ、あのねっ、ちがうの、るーしーに練習させようと思ってわざと焦がしたのっ」

「え、あ、いや」

そんなのはいいんだ。それよりも、エリがそこまでしてくれたのが、驚き。あれだけ悪魔だ敵だと言っていたのに……。

「今度からは、祐太を食べるときにも箸を使うぞ」

「いてててっ」

「るーしーっ！　祐太に噛みつかないの！」

エリが魔王を引きはがしてくれたので、ぼくは夕食の用意に取りかかることができた。米を洗っていると、もう一つの足音が居間に駆け込んでくる。

「祐くん、悪魔の処理、全部終わったよ。疲れたー。もう荊冠出しっぱなしだった」

レマは髪を束ねてエプロン姿。汗ばんだ顔は上気して、額の聖痕がまだうっすら浮かび上がって見える。

「あと、ぐっちゃぐちゃだった祐くんの部屋、片付けて丸ごと書庫にした」

「ありがとう——って、えええええ?」

「だってこの家、廊下《ろうか》にも本が積んであったし、埃《ほこり》だらけだったし……」

「いや、そうだけど、ぼくはどこで寝るんだよ!」

「今だって一緒に寝てるんだから、べつにいいよね? って思って」

ぼくは蛇口から出しっぱなしの流水に手をひたしたまま、しばらく絶句する。たしかにレマの言う通り、一晩だけとかいっておきながら、あの後は部屋を片付ける時間もなくて、なし崩しで毎晩一緒に寝てたけど——でも、でもさあ!

「あ、祐くんの部屋にあったベッドは、わたしたちの部屋のにくっつけて並べた。るーしーも一緒に寝られるよ」

「臥所《ふしど》は暖かいのじゃろな。るーはもう凍えるのはいやじゃ」

「みんなくっついて寝るから大丈夫!」

ええと……いや、もうどうでもいいか、寝る場所くらい……。こいつらそろいもそろって死ぬほど寝相悪いけど、どうせぼくだって毎晩くたびれて爆睡《ばくすい》だしな……。

電話が来たのは夕食中だった。

そのときはちょうど、るーしーが間違ってタバスコをたっぷりかけたミートボールを食べて泣き出してしまい、エリが口に氷を突っ込んだり、レマが歌をうたって聴かせたり、ガブリエルさんが写メを撮ったりして泣きやませようと(?)している最中だった。ちょっとにぎやかすぎるけど、家族がいっぱいいるのも悪くないかな——と思いながらも、ぼくは呼び出し音を鳴らし続ける電話のところまで行って受話器を取り上げた。

『はいどうも、夜分遅くすみません。ご無沙汰しております三十銀貨財団の者ですー』

あの妙に高い男の声がいきなり流れ出して、ぼくの手はこわばった。背後の食卓の喧噪《けんそう》が、いきなり水の底に沈んでしまったように感じられる。

『今日は最初のご挨拶でした。心がぽっきり折れるまで今後ともよろしくお願いしますね。お客様を飽きさせないように、わたくしどもは三万六千通りの嫌がらせをご用意してございます。二度同じことはいたしませんので』

「先輩にっ」ぼくは思わず、男の声を遮っていた。「燈子先輩に、なにしたんですかっ」

『おや。ご安心ください。わたくしどもには、お客様以外の人間は傷つけないという二千年間守り抜いてきた固いポリシーがございます。信用第一の商売でございますからね、けっしてあの清楚《せいそ》なお嬢様をご自宅までつけ回したり、飲み終わったペットボトルを回収してぺろぺろしたり、御入浴中を拝見して使っているシャンプーがサンナホルだと確認したり、なんてことはしてませんよ』

「してるじゃねえかよ！」犯罪者の集団じゃないか……。

『今日のあれは、あのお嬢様の声をお借りしただけですよ。ご本人は憶えてらっしゃいませんし、今後もなにも影響ありません。嫌がらせひとすじ二千年の三十銀貨財団、安心と信頼の三十銀貨財団を、これからもどうぞよろしくお願いします』

もう、あきれてものも言えない。

『それで、返済計画はご検討いただけましたか。わたくしどもにもいくつかプランがありまして、お二人様が一生奴隷《どれい》になるコース、お二人様が三十年ずつ奴隷になるコース、三名様で仲良く二十年ずつ――』

ぼくはぎゅっと受話器を握り直す。でも、言葉を返せない。電話口の向こうで、男がふざけた返済計画をいっぱい並べるのを、黙って聞いているしかない。

ぼくの家族や、学校の知り合いたちに、こいつらはこの先、いくらでも手が出せるわけだ。ふざけて嫌がらせと言っているけど、でも、そんなの――

いきなり、ぼくの手から受話器が引ったくられた。

「……あなた財団の人？　そう？　わたしは砂漠谷エリ。うんそう。知ってるんでしょ。そうそう。……スリーサイズまで言わなくていいから！　いい？　こっちは、前世の借金も、親が勝手に押しつけてきた借金も、払う気は一切ないの。今度、祐太とかこの家とかに手出ししたら殺すから！　ほ、本気だもん！　ち、ちがっ、祐太はべつにわたしのっ、な、なんでそんなこと、と、とにかくっ」

ころころ表情を変えながらも財団の男とやり合うエリを、ぼくは呆然と見つめる。

「甘く見ないで。わたしが継いだのは《剣を投げ込む者》。ばらばらに斬り裂いてやる。覚悟するのはそっち。ばか！　勝手にしなさい！」

エリは受話器を叩きつけた。

「あんな下品な連中だったたなんてっ」

顔を真っ赤にして憤慨《ふんがい》している。なに言われたんだろう、エリの喋ってた内容だけで、想像できるようなできないような。

ひとつたしかなのは、きっぱりと、返済する気がないのを表明したってことだ。

いや、こないだの電話ではぼくもそう伝えたけど。あのときは、まだ財団がどれほどのことをやってくるのか、知らなかった。

エリにじっと見つめられて、ぼくは、自分がびびっているのを痛感する。そう。怖いのだ。

あいつらがなにをやってくるのか、わからなくて。

「なんじゃ、そなたら、そろって借金持ちか」

るーしーがまだ目尻《めじり》に涙を浮かべ、コップの水で唇を冷やしながら言う。

「ルシフェルさまは、こういうだらしない大人になっちゃだめですからねー」

だらしない借金してるのはおまえだけだろが。あなたはこの家の主人なんだから！」

「祐太、びくびくしてないで。

「う、うん……」

「祐くんはご主人様なんだね」

「それはなんかちがう」

「ゆんゆんは旦那様って呼ばれた方が悦《よろこ》ぶわよ」

「それもちがう！」悦ぶって変換すんな、やらしく見えるから！

「心配要らぬぞ祐太。るーがそなたの主人になってやるから」

いつの間にか全員寄ってきて、意味のわからん慰め方をしてくれている。たぶん慰めているつもりなんだろう。そう思うことにする。

どうか神様、とぼくは祈った。財団がこいつらに手出ししませんように。だって、今のぼくには祈ることしかできないのだから。

でも無駄だった。というか、明らかに、祈る相手を間違えていた。

5　聖家族

るーしーがやってきた二日後から、ようやくエリとレマも学校に通うようになった。

あれ以来、なぜか財団は目立った嫌がらせをしてこなくなった。そろって学校に通うというのは連中にとっては絶好のチャンスだろうに、なにも仕掛けてこない。そこが逆に不安でもあった。ぼくは毎朝ガブリエルさんに行ってらっしゃいのキスをされ、エリににらまれ、レマにうらやましがられながら、三人で登校した。

……っておい、ガブリエルさんも教職員でしょうが。いつまで休むつもりだ給料泥棒。

転入三日目にして、砂漠谷《さばくたに》姉妹は、すでに全校の話題の的になっていた。

「四時からお茶会があるの、来て！」

「聖週間《せいしゅうかん》のミサの準備に」

「部活もう決めた？」

「絵のモデルになってください！」

登校するなり、中央校舎の玄関口で、クラスも学年も関係なく女どもにわしゃわしゃ取り囲まれてエリもレマも身動きがとれなくなり、救いを求めるような視線をぼくに投げるのだけれど、どうしようもない。男女共学とは名ばかりで、この学校の男子生徒はまとめてボロい旧校舎に隔離《かくり》されているのである。人数が多ければもう少し待遇もましなのだろうけど、中等部から高等部まで全六学年を合計しても三桁いかないのでしょうがない。

「男女比三十倍にだまされて入学した俺たちにはなにもイベントが起きないのに、なんで祐太《ゆうた》にだけあんな同居人が」

「こいつ、あの新しい保健体育の先生とも一緒に住んでるんだぜ」

「こないだガラス人形みたいな幼女に自分のTシャツ着せてるところを見ました」

「殺せ！」「火あぶりにしろ！」

朝の教室でクラスメイトたちに囲まれて糾弾されるぼく。奇妙な我が家族の話も、すでに全校に知れ渡っている。なぜかというとガブリエルさんが集会のときの赴任《ふにん》挨拶でわざわざ暴露したから。って、なんでるーしーのことまで知ってるやつがいるんだ。ストーカーかよ。

「三億六千万円の借金つきでいいなら、代わってあげるけど……」

「三億か……」検討するなよ。

「エリちゃんかレマちゃんひとりでいいから一億にまからんかね」

「おまえ一億どうやって作るの」「内臓を売る」

「腎臓《じんぞう》って一個いくらだっけ」「三百万円くらい？」

「腎臓って何個あるんだっけ」「四個くらい？」二個だ。アホか。「全然足りないよ！」「俺もう下半身全部売るよ」「下半身ないと愉《たの》しめないぞ」

　頭の悪いクラスメイトたちの会話をぼんやり聞きながらも、ふと腎臓の値段についてちょっと考えてしまう自分が怖かった。百二十個分か。いやいやいやいや。

「一日体験同居とかどうよ」「祐太のメシつきか。いいアイディアだな」「夜はお泊まり」

「でもあいつら全員寝《ね》相《ぞう》悪いよ？　朝起きると、よく首絞められてるし」とぼくが思わず口を挟むと、全員がぎろっと目を剥いたのが音で聞こえた気がして、教室の気温が五度くらい上昇した。いかん、失言。

　朝はそれで済んだけど、放課後、エリとレマがうちの教室に迎えに来たときは大パニックになった。泣き出すやつがいたり、現実だと認めようとしないやつがいたり、讃美歌《さんびか》を歌い出すやつがいたり、いきなりプロポーズするやつがいたり。レマが警戒しまくって荊冠《けいかん》を出そうとしたので、ぼくは二人の腕を引いてあわてて教室を脱出した。

「なんで男子校舎まで来るんだよ！」あそこは腐海《ふかい》です。女の子が近づいてはいけません。

「クラスの人に、聖週間の典礼《てんれい》に誘われたの」とエリが言う。「聖歌隊が足りないんだって。わたしもレマも一通り歌えるって言ったら、来てくれって」

　そうか。もうすぐ復活祭だ。その直前の一週間、とくに木曜日以降は、キリスト教にとって最も重要な典礼が続く。

「ぼく、高等部から編入だからまだ見たことないけど、うちの学校のミサすごいらしいよ」

　春休み中にやるので、礼拝は自由参加。でもエリとレマが歌うなら、ぼくも行こうかな。

「いいの？」とレマは上目遣い。

「いいの、って……なんでぼくに」

「合唱の練習があるから、帰り遅くなっちゃう。祐くんと一緒に帰れなくなるかもしれないってエリちゃんが心配して」

「レマが言ったんでしょ、それはっ」

「あと、聖木曜日は夜通しなんだって。だから保護者の人の同意が」

「いや、それはぼくじゃないだろ」強いて言えばガブリエルさん？

「先生も、聖歌隊の人も、祐太《ゆうた》に許可取ってきてって言ってたの！」と、エリがなぜか不機嫌そうに言う。なんでだ。

「それはたぶんね、色んな人に祐くんとどういう関係なのか訊かれたんだけど、毎回うちの主人ですって答えたからじゃないかな」

ただでさえ誤解が広がってるんだからやめてください！

「もう、レマのばか！」

今日からもう練習に参加するというので、二人を聖堂まで送っていくことにした。尖《とが》った屋根と十字架のシルエットが見えるようになる頃、オルガンと歌が聞こえてきた。マタイ受難《じゅなん》曲《きょく》だ。たしか、主の死後、「ほんとうにあの方は神の子だった」と群衆が囁《ささや》きあう場面。

もうすぐ、復活祭。イスカリオテのユダに裏切られ、逮捕され、十字架にかけられた神のひとり子が、蘇る日。

「……ほんとに、思い出せないの？」

聖堂から少し離れた林の中の歩道で立ち止まり、ふとエリが言った。

「……なにが？」

「あのときのこと」

ぼくはしばらくぽかんとしてエリを見つめた。その隣で、レマが不安げにぼくらの顔を見比べているので、やっと気づく。

あのときというのは、イスカリオテのユダが、裏切った夜のこと。

聖木曜日、最後の晩餐《ばんさん》。

ぼくと、エリやレマをつないでいたはずの——失われた、記憶。

ぼくはうつむいて足下の敷石に目を落とし、答える。

「ぼくだって、借金がなんとかなるなら、思い出したいんだけど」

「借金はどうでもいいの」

エリの言葉に、ぼくは顔を上げる。

「え、えっと、じゃあやっぱりユダに仕返ししたくて」

「ばか。そんなんじゃない」

エリは首を振った。

「……いい。思い出せないなら、それでも。あなたはどうせ、薄情者だし、裏切り者だし」

きゅっと唇を噛《か》むと、エリは妹の手を引いて、聖堂の方へと歩き出した。レマは何度も振り向いて、ぼくになにか言いたげな視線を投げた。ぼくは途方に暮れて立ちつくしてしまう。

エリの思っていることが、いまいちよくわからない。

もう、ぼくのことを殺そうとはしてないのは聞いたけれど、そのわりにはよくぼくに腹を立ててるみたいだし、家を出ていってもいい、みたいなことも言ってたし。

なりゆきで同居ってことになったけど、裏切り者のぼくや悪魔の王るーしーと一緒に暮らしてることを、エリはどう思ってるんだろう。他に行く場所がないから、我慢して――だったりしたら、それはさみしい。どうしようもないけど。

＊

学校に通い始めてから一週間とたたないうちに、エリがバイトを始めると言い出した。

「聖歌隊の先輩に紹介してもらったの」

夕食の席でいきなり言い出すので、ぼくもガブリエルさんも目を丸くする。レマは「わたしもやりたいのに……」とつぶやく。

「レマはなにかあったとき、みんな守らないといけないでしょ。家にいて」

「バイトというのはなんじゃ？」

るーしーが姉妹の間の椅子で、もむもむと口に食べ物を詰め込みながら訊いた。

「ルシフェルさまは、まだ知らなくてもいいことですよ」ガブリエルがテーブル越しに手を伸ばしてるーしーの口元をティッシュでぬぐってやりながら言った。

「なぜに」とるーしーは首を傾げる。

「女が密室で殿方にいっぱいサービスしてお金をもらうことですから」

「ガブリエルのばかっ」「子供に嘘教え込むな！」エリとぼくは同時に腰を浮かせる。

「……わたしもまだ早い？」とレマ。

「レマさまは発育いいから年齢鯖《さば》読めば……あーでも未経験だとどうかしらねえ」

ぼくはガブリエルさんの頭を引っぱたいた。ていうか、うちの学校は一応バイト禁止で、このエロ天使は一応教職員なんだけど——まあそれはいいか。うちのクラスにもこっそりバイトしているやつはけっこういるし。それよりも。ぼくはエリに向き直る。

「え、えっと、なんでいきなり」

「だってお金必要でしょ」

「でも働いて返せるような金額じゃないよ？」三億円だぜ三億円。

「そうじゃなくて。いつまでも祐太に世話になってばかりじゃいられないでしょ。わたしもお金貯《た》めなきゃいけないの」

「そ、そんなの気にしなくても」ガブリエルさんだって働いてるんだし。

「もう決めたの！」エリは、ばんとテーブルを叩いた。「祐太に文句言われる筋合いなんて」

文句言ってるわけじゃないんだけど。

「明日から、帰り遅くなるから。週に何日かはまだわからないけど」

そう言って、エリはぷいとそっぽを向いてしまう。

お金を貯めなくちゃいけない。いつまでも世話になっていられないから。

それって、まさか——

お金貯まったら、うちを出てく、ってことじゃないだろうな。

ちらっとぼくを見て、また不機嫌そうに目をそらしてしまうエリには、怖くてそんなこと訊けなかった。

でも、その翌日からエリはほんとうに帰りがかなり遅くなり、休みの土曜日などは一日中家を空けてしまうようになった。どんなバイトなのか本人に訊いてみてもにらまれるだけ、保護者役であるガブリエルさんも「えー？　よくわかんないけど電話でＯＫっていっといた」といいかげんな答え。

「変な職場だったらどうするんですかっ」

「捕まるのは雇い主だけだから大丈夫じゃない？」

それ教職員のせりふかよ！

「ゆんゆんはそんなにエリさまのことが心配なのねえ、ご主人様として。職場に他に男がいないかどうか気になる？　大丈夫よ、ゆんゆんはエリさまのはじめての人だから」

「こっちは真面目《まじめ》に話してるんです！」

ガブリエルさんはあてにならないので、レマに話を聞いてみることにした。夜、エリとるーしーがお風呂に入っている隙を狙う。

「わたしはぜったい来ちゃだめだってエリちゃんが」

レマは泣きそうな目でそう言った。妹にまで働いている場所を隠しているのか。かなり驚きだった。

「聖歌隊の人に誘われたんでしょ。その人から聞けないかな？　なんて人か知ってる？」

「ええと。燈子先輩って人。わたしも一緒に誘われたのにエリちゃんがひとりでねー」

燈子先輩かよ。燈子先輩かよ！

「知ってる人？」

「うん。図書委員長……ぼくの上司みたいな」

あの人お嬢様だろ？　なんでバイト誘ってんの？

「先輩がそのお店のオーナーなんだって」

「高校生がッ？」

いや、あの人ならそれくらいあってもおかしくない。不安だ。絶対にまともな店じゃない。

人をおもちゃにする傾向があるし、エリは激しくいじり甲斐《がい》がありそう。

ぼくがもうちょっとレマに詳しく訊こうとソファから身を乗り出したとき、居間のドアがけたたましく開いて、濡れた髪で半裸のるーしーが駆け込んできた。胴体にタオルを大ざっぱに巻いただけだ。面食らうぼくの背中にささっと隠れると、続いてもうひとつの足音。

「るーしー、そんなかっこうで！　なんで逃げるの！」

目をつり上げたパジャマ姿のエリ。

「るーはだまされぬぞ！　縛《しば》り上げてまた氷漬けにするつもりじゃろ！」

ぼくの背中にひっついたるーしーは、牙《きば》を剥《む》いて言い返す。

「……なにかあったの？」

「エリが、変な紐《ひも》でるーの胸や腹を縛ろうとするのじゃ！」

ぼくとレマは同時にエリを見た。

「そ、そうじゃなくてっ」とエリは手を振る。

るーしーを縛ろうとしてた？

「エリちゃん、またるーしーいじめようとして、もう」

レマが魔王の頭を抱き寄せる。

「いじめてない！」

「じゃあ、なにしてたの？」

ぼくが訊ねるとエリの風呂あがりの上気した顔がぼっと赤くなる。

「な、なんでもないっ」

「あのさ、一緒に住んでるんだし、もっと仲良くしようよ、悪魔っていってもべつに」

「祐太に言われなくたってっ」

エリはそう叫ぶと、居間のドアを叩きつけるように閉めてしまった。どすどすと階段を上っていく足音が聞こえる。なんだあいつ？ 立ち上がって追いかけようとしたけど、るーしーがソファの背もたれ越しに抱きついているので（そのるーしーにはレマが抱きついているので）動けない。あきらめて嘆息《たんそく》する。

「エリちゃんはずっと、悪魔と戦うために神父さまから訓練受けてたから……」

レマがしょんぼりした声でつぶやく。その力に救われたこともあったけれど。

「もう金輪際《こんりんざい》エリとは風呂に入らぬ」

るーしーがぷりぷり怒った。

「だいたいあやつは、シャンプーハットを使ってくれぬのじゃ。目に入って痛いと何度も言っておるのに！」

いや、それはエリが正しいと思うけど……るーしーの髪の長さじゃ、シャンプーハットなんて使ったら洗いにくくてしかたないだろう。ていうか自分で洗えよ。

悪魔の王と、神の子。

一つ屋根の下なんだから喧嘩《けんか》せずにやってほしいんだけど――と願うのは、無茶なのかな。

＊

次の日の放課後、ぼくはすぐに司書室に行った。

財団があの気色悪い嫌がらせをしてきて以来、燈子先輩には怖くてこっちから話しかけられなかったけれど、「二度同じ嫌がらせはしない」という財団の言葉はほんとうらしく、おかしな様子はなかった。それで、思い切ってエリのことを訊いてみる。

「ああ、うん、エリさん？　わたしのお店で働いてもらってるの」

先輩はしれっとした顔で答えた。

「もう、すごいのよ。入店一週間なのに指名いっぱい入ってるし人気ナンバーワン」

指名？　人気ナンバーワン？　おい、ちょっと待て、なんの仕事ですか？　ま、まさか。

「んー。秘密」燈子先輩はにまりと笑ってぼくの鼻をつっつく。「エリさんにも、祐太くんには言わないでって頼まれてるの」

そんなに知られたくないって、どんなバイトだよ？

「祐太くんもうちで働く？　そしたらわかるわよ。時給すごくいいし。女の子しか雇ってないけど祐太くんならうちの可愛い制服着れば」またそれかよ！

女の子しか雇ってなくて制服可愛くて指名がある仕事……。

しかも時給がすごくいい。

お、落ち着け。まだそうと決まったわけじゃないぞ。

だれも教えてくれないので、思いあまって学校からの尾行を考えた。でもエリは勘がいいので、駅の改札口を入ったところでばれたりする。まったく隙《すき》がない。

「いい？　ついてきたらほんとに槍《やり》で刺すから！」

ものすごい剣幕《けんまく》で怒られた。人混《ひとご》みのプラットフォームで百卒長《ロンギヌス》の槍を発現させようとまでするので、ぼくはあわてて反対方向の電車に逃げ込んだ。


「そんなにエリのことが気になるのか？」

家に早めに帰ってベッドメイクをしていると、ベッドの真ん中に座ってぼくの仕事を邪魔しながらるーしーが訊いてきた。

「んー。そりゃあ。だってなんの仕事かも教えてくれないんだよ」

ちなみに他の三人は、聖歌隊の練習やバイトや教職員の仕事でまだ帰ってきていない。もう夕方の六時で外は真っ暗だけれど、最近はずっとこんな感じで、ぼくと留守番のるーしーだけで過ごす時間が増えた。

「きっと、またるーをいじめるために金を稼ごうとしておるのじゃ」

「そんなにエリもひまじゃないと思うけど」

「いいや！　あやつはいと高き者の子、きっと性格の悪さもしっかり遺伝しておるにちがいない。いと高き者がるーにどんなひどいことをしたか、知っておるか」

「どんなことしたの？」

るーしーは頬に指をあてて首を傾げた。

「……忘れた」

忘れんなよ。大したことじゃなかったんじゃない？

「ばかもの！　恨《うら》みだけは忘れておらぬ！」

「いいんだけどさ、邪魔だからどいてくれないかな」

シーツの交換を終えたとき、るーしーが言った。

「るーの術なら、姿を消せるぞ。そなたも手をつないでいれば一緒に消せる。エリの悪巧みをこっそり見にいけるじゃろ」

「はあ」そういえばこいつは悪魔なのだった。そんなことできるのか。

「エデンでエヴァをだまくらかしたときも、荒れ野で神の子をたぶらかそうとしたときも、この術を使った。あちこち好き勝手に現れるのでなければ悪魔はつとまらぬ」

自分がなにしたのかは憶《おぼ》えてんだな。都合のいい記憶力だ。

「でも、身体ちっちゃくなっちゃったけど、まだ使えるの？」

るーしーはむっとした顔でぼくをにらむと、いきなり手首を握《にぎ》りしめてきた。

呪文みたいなものはなにもなかった。ただ、Tシャツの襟からのぞくるーしーの罪痕の円が一瞬だけ青く発光したのがわかった。

「……なんにも変わらないよ？」

手首をつかまれたまま、ぼくは自分の身体を見下ろす。透けてたりもしないし。

「本人に見えるのは当たり前じゃろ！」とるーしーは憤慨《ふんがい》した。

そのとき、階下でがちゃがちゃとドアの開く音がした。玄関だ。だれか帰ってきた。

「ただいまー」レマの声だ。「あれ？　祐くん帰ってないの？　るーしーどこー？」

「お帰り」と大声で言ってみたけど、返事がない。一階をあちこち捜し回っているらしき足音が聞こえてくる。あれ？

やがて足音は階段を上ってきた。ドアが開く。

「二人ともどこ行ったのかな、買い物？」

寝室内をきょろきょろ見回すレマに、ぼくは絶句する。るーしーは得意げな顔。

「どうじゃ。万魔《ばんま》の王を見くびるでない」

ほんとに消えてる。しかも、声も聞こえていない。レマはリボンを外して制服の上を脱ぎ捨てると、ブラウスのボタンを手早く外し始めた。

「――ちょっと待てえええっ」

ぼくがるーしーの手を振り払って姿を現したとき、レマのブラウスは完全に前が開けて下着がしっかり見えていた。スカートを脚から抜き取ろうとした姿勢のまま、さしものレマもしばし固まる。

「わ、わ、わ、祐くんが空中からっ」

「ご、ごめんっ」

あわててベッドから転げ落ちるようにして出口に向かう。廊下《ろうか》に出たとき、「わわわっ、今度はるーしーが空中からっ」というレマの声が聞こえた。やばい。るーしーに事情を説明させたらなにを言うかわからないし。でも戻るわけにもいかない。

逡巡《しゅんじゅん》した後、ぼくはあきらめて、階下におりると夕食の支度《したく》を始めた。

＊

次の土曜日、ほんとうにエリの職場を見に行くことにした。不安だったけど、るーしーを連れて、だ。

「祐太が一緒に行ってくれぬのならひとりで行く！　エリの悪巧みを暴いてくる！」

電車にもひとりで乗れないだろうに、ちっこい魔王はこんなことを言うのである。しかたないからぼくも同伴。休みの日のガブリエルさんは昼まで寝こけてるからいいとして、問題はレマだった。ぼくとるーしーが黙って出かけたら、さすがに不安だろうし。

朝食後、バイトの準備のためにエリが二階に上がったところを見計らって、レマには正直に話した。

「えーと。エリの職場をこっそり見に行こうと思って」

「エリちゃんが心配なの？　やらしい仕事してないかどうか」

「さすがにそんなことは心配してないよ。ガブリエルさんじゃあるまいし」

「だって燈子先輩がエリちゃんにスリーサイズとか訊いてたよ」

なんだと。

「大丈夫、わたしも訊かれたけど教えてない！　祐くんになら教えてあげる」

「いや、それはべつにいいんだけど」

「そっか。いつも着替え見てるからわかるよね」

人聞きの悪いことを言うのはやめろ。るーしーが「祐太は見ただけでわかるのか？」なんて訊いてくるし。

「なんでエリが急にお金貯めるなんて気になったのか、わからない？」

そう質すと、レマも首を傾げる。

「エリちゃん、変なところに責任感じるタイプだから。祐くんに借り作りたくないって、いつも言ってるし」

「うち出てく気じゃないよね、まさか……」

学校通いながら生活費稼げるだけのアルバイトなんてあるわけないし——いや、給料すごくいいんだっけ？　あの燈子先輩が持ってる店だっていうし、油断ならない。ひょっとしてうちが借金抱えてることをどこぞの筋から知って、高給でエリをだまして——いやいや、さしもの先輩もそこまでは。

やっぱり不安だから、見に行った方がいいだろう。なんの仕事か確認するだけで、黙って戻ってくればいい。とんでもねえバイトだったらどうしよう、砂漠谷姉妹は世間知らずなところがあるからなあ……ううん。

そのときは、そのときだ。

るーしーは出かけるときに着る服を持っていないので（いまだに家の中でTシャツ一枚でうろうろしているのである）、色々迷ったけど、ハーフパンツに、ぼくの母が着ていたセーターを合わせることにした。丈が長すぎてハーフパンツが完全に隠れるのでかなり危険な見た目になるのだけれど、まあどうせ姿消すんだし、いいか。ジャンパーも羽織るし。

「……なにしてるの？」

るーしーにジャンパーを着せていたら、二階から下りてきたエリが怪訝そうに居間をのぞき込んできた。ぼくはあわててるーしーを背中に隠して言い訳する。

「え、ええと、これからるーしーと庭の掃除するから、さすがに寒いかなって」

ふうん？　とエリは眉をひそめ、「じゃ、バイト行ってくる、帰り夜になるから」と言って出ていった。危なかった。

よし。ぼくとるーしーはうなずきあって、手をつないだ。決行だ。

「二人ともがんばって！」レマはぎゅっと握り拳をつくって応援してくれた。「エリちゃんに見つかっても、わき腹めくってくすぐれば槍出せないからね」

おもてでそんなことができるか。


はじめてのお出かけで、るーしーははしゃぎ通しだった。駅まで歩いて十分かからないのに、食い物屋があるたびにぼくの手をぐいぐい引いて寄り道しようとする。ぼくはエリを見失わないようにと必死だった。

「祐太、たこ焼き食べたい！」

「祐太、あそこのクレープなんたらというところからいい匂《にお》いがする！」

「祐太、焼き芋の車が逃げてしまうぞ！」

「祐太、あの三千円ポッキーというのはなんじゃ！　食べてみたい！」

それは三千円ポッキリだ。ていうか風俗店だから指さすんじゃありません。ぼくはこのときほど姿が見えてないのに感謝したことはない。

……見えてないんだよね？　まわりの人たちがぼくらを見て笑っているような気がするのは被害妄想《ひがいもうそう》だよね？

電車の中で、エリから少し離れたシートに座ったぼくは、小声でるーしーに訊いてみた。

「この姿消してるやつ、ずっと続けられるんだよね？」

「ん？　うむ。るーの集中力が保つ限りな」

集中力？　集中力だと？　おまえはどの口でその単語を吐くんだ？　不安でしかたがなくなったぼくは、るーしーを抱き上げて隣の車両に移った。

エリが降りたのは、このへんではいちばんでかい駅。プラットフォームが六つもあって、地下にはショッピングモール。るーしーにとっては誘惑の塊《かたまり》なので、ぼくは真剣にこの魔王を背中におぶってエリを追いかけることを検討した。

姿を消した状態で人混《ひとご》みを歩くというのは実は非常に危険な行為だった。通行人にはぼくらが見えないので、向こうから歩いてきた人はよけてくれないし、後ろから何度も足を踏んづけられたり背中に肩をぶつけられたりした。しかもエリはずうっと繁華街を通っていくのだ。このへんが職場なんだろうか。不安が的中しつつあって、るーしーの手を握ったぼくの手のひらに汗がにじむ。

エリは表通りを一本はずれて、人通りの少ない狭い道路に入る。その背中は、あるビルの裏口に消えた。エレベーターを使わず、通路の突き当たりの扉に入ったのを確認したぼくは、るーしーの手を引っぱって表通りに取って返した。

「あ、ああ……」

そのビル一階に入った店を目にしたぼくは思わず、安堵《あんど》と、それからあきれの入り混じったため息をついていた。

丸テーブルの並んだテラス。手すりにからみついた蔦《つた》。今日のメニューとコーヒーがチョークで書かれた小さな黒板。シックな縁取りのガラスドア。ぶら下がった銅製の可愛らしい看板には、なにやら凝った字体で店名が書いてある。かろうじて「カフェ」だけ読めた。

カフェね。そうか、カフェか。

そこがエリの職場だということは疑う余地がなかった。なぜなら、ガラス張りの店内に何人か、かなり奇抜なかっこうをしたメイドの姿が見え、その中の一人、見事な長い黒髪に純白のヘッドドレスを合わせた違和感ばりばりのシルエットは、見間違えようもなく燈子先輩だったからだ。オーナーじゃないのかよあんたは。なんでウェイトレスやってんだ。完全に趣味の店ってことか。

るーしーは黒板に書かれた生ハムのサンドウィッチやらエビカツロールやらに興味津々で、しきりにぼくの腕を引っぱって店内に入ろうとする。

「いや、姿見えないんだから注文できないってば」

「台所に忍び込んでつまみ食いするのはどうじゃろ」

「やめなさい。食い物が空中で消えたりしたら大騒ぎになるだろ」

それに、メイドにしてはちょっと露出の多いコスチュームだけど（両肩むき出しだったりするのだ）、内装はごく上品で、いかがわしい店じゃなさそうだし、女性客もかなり多いし、これなら安心して帰ろうかな……

と思ったとき、ぼくの目にそれが映った。

店の右奥。分厚い黒のカーテンで遮られた戸口があって、たまに客と店員が一人ずつ、連れだってその中に入っていくのだ。

な、なにあれ？

テラスにあがってじっと中を見ていると、五分くらいして二人とも出てくる。と思ったらまたべつのメイドと客がカーテンの間に呑《の》まれる。おいおいおいおい。なんだあれ。

いつの間にか、るーしーの手をかなりきつく握っている自分に気づいた。

「……るーしー、……中、入ろうか」

いや、そんなきらきらした目をされても。姿見えないんだから食い物は出てこないよ？

「エリに頼んでこっそり持ってきてもらうのはどうじゃ？」

「おまえ当初の目的完全に忘れてるだろ」

ぼくらが他の客の後に続いて素早く店内に忍び込んだとき、ちょうどキッチンの方から一人の店員が出てきた。照明控えめの店内がぱあっと明るくなったような気がした。どのテーブルの客も振り返って、その蜂蜜《はちみつ》みたいな色の髪をヘッドドレスで飾ったウェイトレスに注視する。エリは丸トレイでちょっと恥ずかしそうに顔を隠しながら店内を横切ると、今し方やってきた男女カップルの客を店の奥の席へと案内する。

「るーもああいう服が着てみたい……」

隣で魔王がつぶやく。さすがにるーしーには……いや、けっこう似合うかもしれない。両肩がつるっと出ていて、腰のラインを強調するつくり。

燈子先輩もスタイルがいいのでなかなか見栄えがするけれど、エリの破壊力にはかなわない。ぼくもしばらく立ちつくして見ほれてしまった。って、やばい、こっちは姿が見えないんだった。入り口でぼーっと突っ立ってるわけにはいかない。

店の隅っこ、あのカーテンの通路にほど近い壁際に身を置くことにした。目の前をケーキやパフェが通り過ぎるたびに、るーしーはぼくの腕の中でじたばた暴れる。おとなしくしなさい。あとで帰りになにか買ってやるから。

見た感じ、品のいいカフェだった。BGMも控えめの音量のクラシックで、騒ぐような客もいないし。でもときおりレジの方で「指名」という単語が聞こえて、店員と客がぼくの目の前を通過してカーテンの奥に入っていっては五分後に出てくるのだ。

なにやってんの？　気になる。

そうしてついに、燈子先輩のこんな声が聞こえた。「エリさん、ご指名。お願いしまーす」

エリは、うきうき顔のサラリーマン風中年男性と並んでカーテンの間に消えた。男がエリの肩か腰に手を回しそうなそぶりを見せていたので、ぶん殴ってやろうかと思った。

一分。二分。三分。エリと男は出てこない。なんか長くない？　他のメイドが指名されたときもこれくらいだったっけ？　中でなにやってんの？

ええい、もう、どうせ姿は見えないのだ。

入ってしまおう。

エリにばかり気をとられていて、るーしーのことを失念していたのは、完全にぼくのミスだった。それにしても、あれだけひどいタイミングが全部重ならなくてもいいのに、と後になって思う。

ぼくがカーテンに手をかけたとき、ちょうどキッチンの方から、豪勢なマンゴーパフェをトレイに載せた燈子先輩が出てきて、るーしーがそれにびくっと反応した。ずるっとぼくらの手が離れる。

「きゃあっ」

燈子先輩と、カーテンの陰から出てきたエリの悲鳴が重なる——いきなりなにもないところから現れたぼくに驚いて——そしてエリに突き飛ばされたぼくは、すぐそばに透明化していたるーしーに蹴《け》つまずき、るーしーは勢いを食って燈子先輩の（たぶん）脚に激突した。傾いたトレイからパフェが滑り落ちるのが、スローモーションで見えた。

店内に響く、さらなる悲鳴と、ガラスの砕ける音。

我に返ったぼくの目に最初に入ったのは、床にへたり込んで頭からクリームまみれになったるーしー。

「……祐、太？」

声におそるおそる振り向くと、怒りに燃えるエリの顔が見下ろしている。

彼女の左手の聖痕が光っていたので、死を覚悟したのは言うまでもない。

「——まったく！　二人ともどういうつもりなのっ」

カフェの事務所でパイプ椅子に並んで座ったぼくとるーしーは、そろってしょんぼりと肩を落としてエリの怒声を浴びていた。

「わざわざ尾《つ》けてくるなんてっ、しかも姿消して勝手に店入って」

「それはほんとに反省してる……」

「髪も服もべとべとじゃ……」

「まあまあエリさん、あんまり秘密にするから心配したのよ、二人とも」

燈子先輩はそうフォローしながら、るーしーの髪のクリームを拭《ふ》き取《と》ってくれている。あの後、店内は一時的に大混乱に陥ったのだけれど、この人がぱぱっとぼくら三人をスタッフルームに押し込んでことを収めてくれたのだ。助かった。

「ゆ、祐太は悪くないのだぞ、エリ」泣きそうな目でるーしーが言った。「るーが、ひとりでは電車に乗れぬからついてきてもらったのじゃ。そなたがこそこそ悪巧みなどするから！」

るーしー、そのかばい方は無理があるよ……気遣いは嬉しいけど。

「悪巧みなんてしてないでしょ！」

「いや、あの、ほんとに心配だったんだよ、先輩が指名とか人気ナンバーワンとか言ってたし給料高いっていうし、だから、そのう」

「あ、あ、あれはっ」

ぼくがどう勘違いしていたか気づいたのだろう、エリは顔を真っ赤にして言った。

「あれはただ一緒に写真撮ってるだけ！」

そうなのだ。カーテンの奥にあるのは、写真館だったのである。店員さんと一緒に写真撮影ができるのはこういうカフェではよくあるサービスで、雰囲気を大事にするこの店では、わざわざ撮影する場所がべつに用意されていただけなのだ。

「だから、ほんとごめん」

「みんなばれてしまったのはしょうがないし、祐太くんもお店の方でなにか飲んでいく？　撮影もサービスしてあげる。祐太くんもメイド服着て、ね？」と燈子先輩。ね？　じゃねえよ。

「ぜったいだめ。さっさと帰って！」エリが眉をつり上げる。

「あら、どうして？　せっかく見に来てくれたのに」

「恥ずかしいからですっ」

たしかにこのかっこうで接客しているところは、身内に見られるとけっこう恥ずかしいだろう。たったそれだけのことだったのだ。あれだけ心配した自分も恥ずかしい。

「しょうがないわね、じゃあ祐太くんと服を交換して、エリさんがお客様で祐太くんが接客すれば恥ずかしくないでしょ？」

意味わからん。余計恥ずかしいわ。

「えー。と、とにかく……帰ります、ごめんなさい、お騒がせして」

立ち上がろうとすると、るーしーがぼくの服を引っぱる。

「るーの服、どうしよう。汚れたままじゃ」

ああ、そうか。どうしよう。髪と顔は拭いてもらったけど、セーターはべったり染みになってるし。

「エリさん、服買ってあげたのってこの娘でしょ？　あれ、今着てもらったら？」

「先輩っ、言っちゃだめ！」

エリは燈子先輩に食ってかかる。服を——買ってあげた？

「そうそう。隣、うちが経営してるロリータファッションのお店になってるの、見なかった？

今日は給料日だから、エリさんがプレゼントだって言って服とぬいぐるみをね」

「もーっ、先輩っ」

エリはぼくとるーしーの視線に気づいて、顔を赤くして手を振る。

「帰ってから渡すつもりだったのっ、だ、だってるーしー女の子っぽい服全然持ってないしっ、祐太はそんなの全然気にしてないし、わたしが買うしかないでしょ!」

「え、あ、う、うん……」

エリが、るーしーに服を。

「ごめん……」

ぼくは唖然としながらも、安堵が胸に広がっていくのを感じていた。

バイト始めたのは、そのためか。ああ、風呂あがりに変な紐でるーしーを縛ってたというのは、あれはいじめてたんじゃなくて——採寸《さいすん》してたのか。

お金貯めて出てくつもりなんじゃないか、なんて考えてたぼくが、馬鹿みたいだ。

更衣室から戻ってきたるーしーは、やっぱり肩がむき出しで、ゴシック調のひらひらがついた可愛らしい黒の服に着替えていた。腕には悪魔っぽいぬいぐるみ。

「祐太、どうじゃ?」

ぼくのまわりをくるくる回りながら、新しい服を見せつける。

「うん。すごく似合ってる」

着られるシチュエーションはかなり限定されそうな服だけど、まあいいか。どうせるーしーは髪も肌も日本人離れしてるし。

「エリ、そなたには、二千年に一度地獄を濡らす雨よりも感謝しておる」

むすっとした顔のままの聖少女に駆け寄っていって抱きつき、魔王は言った。

「べつにいいの、そんなのは。るーしーは女の子なんだから！　いつもあんなかっこうでうろうろしてちゃだめ！」

「Tシャツ一枚だと祐太が喜ぶのじゃ。だめか？」

喜んでねえよ！　ほらほら燈子先輩が誤解してるよやめてください！

「でも、この服ではもっと喜んでおるな」と、るーしーはぼくの目の前でまた一回転。「祐太が嬉しいとるーしーも嬉しい」

「うちで働かない？」

燈子先輩がさっそくるーしーの両手を握って勧誘する。やめなさい子供相手に。

「ちょっと先輩！　この娘はまだ子供ですから！」エリもあわてて止める。

「るーしーは一万四千年生きておる。そなたよりよほど年上じゃ」

「それなら大丈夫ね」

大丈夫じゃねえよ先輩。納得すんな。

新メニューの試食もできるという店員の仕事に未練たらたらのるーしーを引きずって、ぼくは店を出ることにした。これ以上、エリに迷惑かけられないし。

ところが出入口《でいりぐち》のところで再び燈子先輩に呼び止められる。

「なんですか？」

「るーしーちゃんにご指名なんだけど」

はい？

店の左手の大テーブルにいる男性ばかりの団体客が、こっちを食い入るように見つめている。エリが必死になにか説明していたけれど、あきらめてこっちに駆け寄ってきた。

「店員じゃないって言ってるのに全然聞いてくれない！　一緒に写真撮らせろって」

ああそうか、こんなかっこうしてるから……って、いくらなんでも間違えないだろ、どう見ても十歳くらいの娘なのに。

「るーは、べつによいぞ？」

ちらっとぼくを見上げてるーしーは言った。目がうきうきしている。どうも、新しい服を見せびらかしたくてしかたがないらしい。写真撮影なんて機会には喜んで飛びつくわけだ。

しかたなく、エリも一緒に写真館に行ってもらった。特別料金をたっぷりふんだくるように燈子先輩に耳打ちしていたあたり、エリもなかなかどうして金に抜け目がない。

るーしーとの撮影にはたちまち長蛇の列ができ、写真館の方からは男性客どもの「うおおおおロリがゴスロリでゴスロリロリロリ！」とかいう犯罪級に意味のわからん叫び声が聞こえてきて、かなり不安だったけど。

＊

けっきょくぼくらが家に帰ったのは昼過ぎだった。

迎えに出てきた寝起きのガブリエルさんは、「ルシフェルさま、わわわわなになにこのかっこう可愛すぎる！」と大騒ぎしながらるーしーを抱き上げて家中を飛び回り、ぼくが後頭部に蹴りを入れるまで落ち着かなかった。

「いいなあ、わたしもああいうの着てお仕事したい」

レマもうらやましがる。夕食時に帰ってきたエリに、さっそく「わたしもバイトしちゃだめなの？」と訊いて、にらまれていた。

ぼくもレマまであそこで働くのはどうかと思う。燈子先輩がろくでもないサービスとかコスチュームを考えつきそうで怖い。あと、なんかぼくが女に稼がせて生活してるダメ人間みたいじゃないか。現時点でもその通りなんだけど。その事実に気づいて、洗い物をしながら激しく落ち込むぼく。

エリのバイトを巡るあれこれには、最後にもうひとつだけちょっとしたエピソードがある。

翌日の日曜の朝のことだ。

その朝はだいぶ寝坊だった。陽《ひ》の光を顔に浴びてがばっと起きると、ベッドにはるーしーとガブリエルさんの姿しかない。砂漠谷姉妹は日曜日は学校の聖堂でのミサに参加するので、かなり早起きなのだ。

急いで顔を洗って台所に行くと、金色の髪の後ろ姿がガスコンロ台の前にあって、湯気といいにおいが漂っているので、ぼくはびっくりする。

「……エリ？　なにしてんの」

「……見ればわかるでしょ。朝ご飯」

ちらっと振り返って不機嫌そうな視線を向けてくるエリ。

「え、え？」ぼくは思わず彼女の手元のフライパンをのぞき込んでしまう。「だ、大丈夫？　焦《こ》がしてない？　塩と砂糖間違えてない？　トマトソースのかわりにタバスコ使ったりしてないよね？」

「そんなことしてない！」

エリは、どうやらミートソースらしきその茶色いものをおたまですくってぼくに突きつけた。一口味見したぼくは、あやうくおたまを落っことしそうになる。

「え、そ、そんなに不味《まず》かったの？」とエリが泣きそうな目になる。

「い、いや……美味しい。信じられない」

「ばかーっ！」

本気で殴られた。え、いや、だって驚くだろこれ、なにが起きたの？

「カフェで料理習ってるの！」エリは頬を赤く染めて叫んだ。「いくら祐太の料理がうまいからって、い、いつも任せっぱなしにできないでしょ！　わたしだって！」

「あ……」

殴られたところをさすりながら、ぼくはエリの紅潮した顔を見つめる。

「ご、ごめん、ぼく……なんか色々勘違いして」

「勘違い？　他にもっ？」

いかん、失言。でもエリにじっと見つめられて、黙っているわけにはいかなくなる。申し訳なさがぼくの唇をこじ開けた。

「……お金貯めてるっていうから、この家出てくつもりなのか、なんて考えて、あの、でも」

「ばか。そんなわけないでしょ」

エリはぷいとガスコンロに向き直ってしまう。

そう。そんなわけない。だって――

「家族なんだから。バイトしたり、ご飯作ったりするのは、当たり前」

「うん……」

そうだよね。家族、なんだから。

エリは、ぼくに背を向けたまま言う。

「あ、あなたは！　まだ、思い出してないだろうけど、昔、わたしに」

そこでエリの言葉は途切れる。昔？　なんのこと？

それは、ユダの——記憶のこと？　いつも、思い出せって言っていた。

「な、なんでもないっ」

ぼくが顔をのぞき込もうとすると、エリはそっぽを向いてしまう。耳が赤くなっているのがわかる。

でもそのときは、レマが洗濯物の入ったかごを抱えて戻ってきたので、うやむやになってしまった。さらにはパスタが茹《ゆ》であがるのを見計らったかのように、腹を空《す》かせた大天使と大魔王が寝室から下りてくる。

二人とも、スパゲティの味のまともさに仰天して、エリに引っぱたかれていた。

「じゃあしばらくエリちゃんが朝ご飯当番になったら？　祐くん寝不足気味だし」

レマの提案に、エリはいきなりたじろぎ、視線を泳がせ、それでも承知してしまう。

うろたえた理由は翌日明らかになった。どうやらまともに作れるようになったのは一品目だけのようなのだ。それから一週間ほど、我が家の朝食はミートソースのパスタが続いた。

ぼくがおそるおそる朝食当番交替を申し出ると、エリは目に涙を浮かべて言った。

「今度っ、べつの料理も憶えてくるからっ」

ぼくが教えた方が早い気もしたけど、たぶん恥ずかしくてそんなことはできないのだろう。

そのかわりレマに料理を教えることになった。どっちの上達が早いのか、ちょっと楽しみ。るーしーも料理教えろとせがんできたけれど、さすがに却下した。

「家族なのじゃから食事当番は持ち回りじゃろ!」と魔王は憤慨する。その気持ちは嬉しいけど、ガスコンロに背丈《せたけ》が届くようになってからね。

家事当番表がぼくとエリとレマの名前で埋まっていくのを見ると(ガブリエルさんは? という疑問はすでにだれも口にしなくなっていた)、ほんとに家族みたいだなと思い始めた。いや、ほんとに家族なのか。それで、いいんだよね。

父が消えてから、一ヶ月。

たった一人だった我が家は、いつの間にかあきれるくらいにぎやかになった。

いつまでも、この日々が続けばいいと思った。三十銀貨財団の嫌がらせもぱったり途絶えたし、めんどくさいことはみんな後回しで、考えないようにして。みんなで飯食って騒いでたまに喧嘩して一緒に寝るだけの、繰り返し。

でも、もちろんそんなわけにはいかなかった。ぼくらの負債総額は三億六千万円で、財団がこのまま黙っているわけはなかったのだ。

6　裏切者

その夢を最初に見たのは、三月に入って最初の木曜夜のことだった。

夢なのは、自分でもわかった。いわゆる明晰夢《めいせきむ》。最近は夢自体を見なかったけど、昨日は久々にゆっくりお風呂に入れたからかな、と思いながらも、ぼくは目の前に立っている男の頭をじっと見つめていた。

イスカリオテのユダだった。

夢というのはそういうもので、ぼくにはそのとき、そいつがユダだということが確信できていた。顔は、いちばん見慣れているあの顔。服はうちの学校の制服だった。まんまかよ。

「よう。久しぶり」

ユダは手をちょっと持ち上げて、なんでもなさそうに言った。

「久しぶりだっけ。逢ったことないでしょ」

「なんべんも逢ってるだろが。おまえ朝顔洗うとき鏡見ないの？」

うわあなんかこいつ腹立つ喋《しゃべ》り方だな。しかも同じ顔だし。ぼく、いつもこんなふうにまわりから思われてるんだろうか。ちょっと反省しよう……。

「反省はいいから、さっさと思い出してくれよ。おれも早く身体動かせるようになって、必殺技の名前叫んでヒャッホウってやりたいんだよ。なー、二千年だぜ二千年。おれがじーっと待ってたの」

「いや、あのさ、あんた本人でしょ？　思い出すもなにも、知ってるんでしょ。どうやって死んだのかとか。ぼくに教えてくれればいいんじゃないの？」

ぼくはユダの身体をもう一度見やる。

首に、目立つ赤い掻き傷がついているのが見えた。はっきりとした、三つのX印だ。

「……それ、首のとこ、罪痕《ざいこん》？」

「ん、これ？　そうそう。ギリシャ数字だ。銀貨の枚数。裏切りの烙印《らくいん》な。かっこいいだろ」

「じゃあ、首つり──だったんだ」

「いやいや。こっちにもあるぜ」

ユダはシャツのボタンを二つ外してはだけさせた。みぞおちのすぐ上にも、三つのX印が、こちらは縦に並べて刻まれている。

「さて、首つりか身体割れて死んだか、どっちでしょう」

「どっちでしょうって。知ってるなら教えてよ」

「おまえアホか？」

自分の顔に言われるとすげえへこむ。

「これ、おまえの夢だろ。でなきゃ同じ顔なわけねえだろが。わかる？　おまえが知ってることしか、おれは知らないの。早く思い出して一緒になろうよ。いっぱいいいことありますよ」

「いいことって？」

「《血の土地《アケルダマ》》が使えるようになる。えーと、腐敗型なのでゴミ処理とかに便利」

「要らない……」

「あと、語尾が『ユダ』になるユダ」

「それはもっと要らないよ！」だれが思い出すもんか！

「それから、三十銀貨財団に不当な借金をしてる世界中の人から恨《うら》まれるユダ」

「もうエリにはかなり恨まれたけど」

「財団はあきらめが悪いから、貸した相手が死んでも生まれ変わりをつけ狙《ねら》うユダ」

「その語尾、気持ち悪いからやめて」ほんと最悪だな。なにひとついいことないじゃないか。

「おまえも戦うために、おれのほんとうの身体が必要だろ。さっさと取り戻そうよ」

「……ほんとうの身体？」

ユダはやれやれという顔をした。

「おまえの身体に罪痕がないのは、それがおれの身体じゃないから。おまえの親父が、失敗したって言ってただろ。おれの身体はべつんとこにあるの」

「……どこに？」

「ルシフェルがいるんだろ。あの娘のね、お口の中にあります」

「……はい？」

「やり方も教えてあげよう。舌に、おれのしるしがあるはずだから、こう、舌と舌を触れ合わせるディープなキッスをしろ」

「なななななななに言ってんのあんたッ？　るーしーとっ？　キスとか、馬鹿言うな！」

「キスせずに舌だけ触れ合わせる方がやらしいぞ？」

「んなこと言ってねえよ！」

「だっておまえ、あんな発育いい姉妹と、あんな常時エロいかっこうの巨乳と、いつも一緒に寝てるのになんもしないじゃん。これはもうロリ」

「ユダてめぇえええええええッ」


自分の絶叫で、ぼくは目を覚ました。

仰向けだということが、しばらく理解できなかった。おまけにぴしぴし音がして、頭が揺れている。薄暗い中、ぼくの視界を遮っているぼんやりしたものに、ゆっくりと焦点が合う。

「……ゆ、祐太《ゆうた》？　大丈夫？」

「祐くん、死んじゃやだ！」

「しっかりせい、ばかもの！」

女の子が三人、ぼくの顔をのぞき込んでいる。右の頬をエリが、左の頬をるーしーが、平手で叩いているのだとようやく気づく。

「……い、いや」老人みたいにかすれた声が出てきて、ぼくは咳《せ》き込《こ》む。「だ、大丈夫。大丈夫だから叩かないで痛い」

「ひどくうなされておったぞ。全然起きなかったし」

ぼくはるーしーの唇のあたりを見つめて、夢の中のことを思い出し、思わず目をそらす。ユダのほんとうの身体は、るーしーの口の中にある？

首筋に触れてなんの痕跡もないのを確かめ、胸も見下ろしてXの烙印を探す。胴体どころか、素脚にも傷ひとつない。ほんとうの身体じゃないから。

……って。素脚？

三人の頭を押しのけて、がばっと起き上がった。いつもの寝室、二つつないだトリプルベッドの上だ。

「……なんでズボン脱げてんの」それからレマはどうして長ネギを持ってるの？

「熱病みたいだったから、お尻にネギを、ってガブリエルが言ってたの」

ぼくは困憊《こんぱい》していたので、なにも答えずにパジャマのズボンをずり上げた。

「あれ。ゆんゆん起きちゃったんだ」ドアが開いてガブリエルさんが顔を出した。「ネギが効かなかったときのために、ナスとかにんじんとか大根とか練りわざびとか用意してきたのに」

「食べ物粗末《そまつ》にしないでください……」

自分で情けなくなってくるぐらい弱々しい声。

「どうしたの？　ゆんゆんがつっこみ入れないなんて調子狂うなー」

今そんな精神状態じゃないのです。

「あ、そうか、今日はつっこまれる立場だから。お尻に」

「うまいこと言ってるひまがあったら、この野菜を片付けてください！」

つい、いつもの調子に戻ってしまうぼく。


だいぶ寝坊してしまっていたので、エリもレマもすでに制服に着替えていた。最近、二人ともまずまず料理ができるようになってきたので、弁当までかわりに作ってくれていた。

見た夢のことは、けっきょくだれにも話せなかった。前半はともかくとして、ユダの最後の話は口にできるわけがない。というか。あいつは、ぼく自身の頭の中で創《つく》られたものだと言っていた。だとしたら、その、るーしーにキスどうのこうのというのも、まさかぼくの潜在的な欲求とかだったりして——いや待ておい、それはたいへんに困る。

頭をぶんぶん振った。気にするのはやめよう。

でもその朝、妙なことが起きているのはぼくだけじゃなかった。

るーしーが、ご飯を二口くらい食べたところで箸《はし》を置いてしまったのだ。驚天動地《きょうてんどうち》のできごとだといっていい。

「……納豆きらいだったっけ？」

るーしーは首を振る。

「からし入れすぎちゃったかな」

「るーしー、あなた昨日の夜におやつ食べ過ぎたでしょ」

砂漠谷《さばくたに》姉妹に左右から訊かれて、やっぱり首を振る。

「ルシフェルさま、つわりですか？」

ぼくはガブリエルさんの頭を引っぱたいた。

「なによ、あり得ないことじゃないでしょう！　毎晩男の子と一緒に寝てるんだから！」

「人聞きの悪いこと言うな！」夢のこともあったので洒落《しゃれ》にならん。

「つわりというのはなんじゃ。背中のあたりが痛くて、食べる気がせんのじゃ。これがつわりなのか？」

ガブリエルさんが目を輝かせる。おい性教育係、嬉しそうな顔すんな。

「ていうか、るーしーは元天使だろ。なんで知らないんだ、つわりくらい」

たしか一万年くらい生きてるって言ってなかった？

「永久氷壁の中にいる間に、たいがいみんな忘れた」

るーしーはけろっとした顔で言う。

「安心せい、祐太のことはちゃんと憶《おぼ》えておったぞ。顔は忘れても味でわかる」

「どうしても食欲ないなら、祐くんをちょっとだけ食べてもいいよ」

「よくねえよ。るーしー、風邪じゃない？　熱ない？」

なにせこの娘、家の中ではいまだにTシャツいっちょでうろちょろしているのである。悪魔も風邪を引くのかどうかは知らないけど、少なくとも神の子はちゃんと引いたし。

「そういうのではない。こう——よくわからぬが、背中がこわばる」

ガブリエルさんはやおら立ち上がってテーブルの向こう側に回ると、いきなりるーしーのTシャツをひんむいた。って、おい！　ぼくはあわてて椅子をがたつかせて後ろを向く。

「……ゆんゆん、たいへん、ちょっと来て早く！」

「な、なにがですか！」後ろ向きのまま答える。「まずるーしーに服着せてください！」

「祐くん、前は隠したから大丈夫。ほんとにちょっと来て」

レマに言われて、ぼくはおそるおそる振り向く。脱いだTシャツを胸にあてて手で押さえているだけというかなり危険なかっこうのるーしーの背中に、エリとレマとガブリエルさんがまじまじと視線を注いでいる。

「な、なんじゃ、よってたかって！　くすぐったいぞ」

ぼくもるーしーの背中側に回ってみた。そして、息を呑《の》む。

黒いつるりとした背中の、肩胛骨《けんこうこつ》のあたりに、少し盛り上がった蚯蚓腫《みみずば》れのようなものがいくつもできていた。首の付け根を中心にした放射状に、右に——六つ。左にも六つ。

なんだ……これ？

「……翼だわ」

ガブリエルさんが、うっとりした声でつぶやく。

「翼？」

「そうよ、間違いないわ、熾天使長《してんしちょう》の六対の翼」

「まことか？」るーしーが首をねじって訊ねる。「それでは、るーの身体は」

「——あ」

最初に気づいたのは、エリだった。

「罪痕が、消えてる」

彼女が指さした先。るーしーの首を囲む円の、外側のひとつ——〝Caina〟が、かすれて、ほとんど消えかけていた。

封印が、解けようとしている？

その日もけっきょくガブリエルさんだけは学校を休むことになった。赴任してからこっち、さぼりまくりだけど、さすがに今日はるーしーが心配だからしかたがない。

「それじゃあゆんゆん、二人のことよろしくね」

「どっちかって言うと、ぼくがよろしくされる側《がわ》ですけど……」

放課後——

司書室に行って図書委員の仕事を手早く済ませると、ぼくは神話学・宗教学の棚に向かった。夢でユダが言っていた、えらく具体的な話が、どうしてか引っかかっていたのだ。父の書棚もこういう資料は充実しているのだけれど、なにせ整理《せいり》整頓《せいとん》がなっていないので目当ての本を探すだけで半日潰《つぶ》れる。図書館の方が便利。

新約聖書や、偽典《ぎてん》、外典《がいてん》、キリスト教文学の本、ろくに読めもしない分厚い資料をどさどさと机の上に積み上げると、椅子に腰掛けた。

るーしーの口の中がどうしたっていうんだ。夢の中のユダが言っていた——ということはつまり、ぼくはそれに関するものを読んだ記憶があるはずなのだ。ただ、結びつかずに忘れてしまっているだけで。

何冊も、吐き気がしそうになりながら文字を追っては投げ出すのを繰り返し、ぼくはようやくダンテの『神曲』地獄篇を取り上げる。サタンが出てくるのは最終節、第三十四曲。

見つけた。

地獄の中枢、最終円《ジュデッカ》の永久氷壁に囚《とら》われたサタン。

そこに、ジュダ・スカリオット——イスカリオテのユダの名前を、ぼくは見つけた。この世で最も重い罪。主君への裏切り。その罰としてユダは、氷漬けになったサタンの口に噛みしめられて永遠に苦しみ続けるさだめを背負わされている。

ユダのほんとうの身体ね。なるほど。サタンの口の中にあるのか。ほんとに、そのまんまだ。それで、るーしーはしょっちゅうぼくを囓《かじ》ろうとするわけか。

地獄で、ぼくは——ユダは、ずっとサタンとともに氷漬けになっていた。今、そのサタンはすぐ隣の寝室に眠っていて、ユダのほんとうの身体もその唇の奥。

だからキスして取り戻せって？　馬鹿か。

本を投げ出す。なんでそんなことしなくちゃいけないんだ。

なにか、るーしーにも影響あるのかな。あの夢を見た直後に、翼が生え始めたってことは。

急にあのちっこい魔王のことが心配になってきた。ぼくは司書室に戻って燈子《とうこ》先輩たちにごめんなさいすると、早退して図書館を飛び出した。

家に着いてみると、居間はひどいありさまだった。カーテンはびりびりになっているし、ドアはへこんでいるし、観葉植物の鉢はひっくり返って土がカーペットにぶちまけられているし、割れた蛍光灯も落ちているし。ガブリエルさんはソファにうつぶせになってぐったりしていた。上半身はキャミだけで、純白の翼を左右にべたーっと広げている。テーブルの上でがたがた揺れているのは、いくつものキムチの空き瓶だ。

「……ど、どうしたんですかこれっ」

「あー、ゆんゆん。お帰りなさい。もう疲れた、寝る」

「え、な、なにがあったの？」

「また悪魔が出たの。封印するのでせいいっぱい。一度に五匹よ、五匹。はーしんど」

ぼくは、テーブルの上で暴れている瓶を見やる。なんで？　だって、エリとレマが全部地獄に追い返したはずじゃないのか。いや、まさか財団の連中か？　あいつらなら悪魔をけしかけることだってできるかもしれない。

ガブリエルさんはむっくり起き上がった。憔悴《しょうすい》しきった顔に、前髪が一房落ちかかる。

「ルシフェルさまにね、喚《よ》ばれたの」

るーしーは寝室で毛布にくるまっていた。ぼくが部屋にそうっと入っていくと、青い髪がぴくっと揺れ、頭がゆっくり持ち上がる。肌の色のせいでわかりづらいけれど、目に泣き腫《は》らしたあとがある。

なにを言っていいのかわからず、ぼくはるーしーの頭のそばに腰を下ろした。

「……るーは万魔《ばんま》の王じゃ」

しばらくして、るーしーは枕に顔を押しあてたままそうつぶやいた。

「……うん」

「魔の者はおよそ異教の伏神《ふくしん》も、堕天使《だてんし》も、みなるーにひれ伏した。地獄においてるーの言葉は絶対じゃった。招くも、退けるも、るーの意のままじゃった」

「うん」

「でも、やり方を忘れた」

ぼくは、その青黒い髪をなでていた。

「……すまぬ。そなたの家を、めちゃくちゃにして」

「るーしーは悪くないよ」

ガブリエルさんが説明してくれたところによれば――

地下室に、あのクソ親父《おやじ》がよく使っていた悪魔召喚円があって、地獄にしっかりつながっていたのだという。そして、るーしーの封印が解けて活性化したのに反応して、こらえ性のない悪魔が何匹か、勝手に入ってきちゃったわけだ。

「あやつら。あやつら!」るーしーは枕をばふばふ叩いた。「口では、魔王さま魔王さまと讃《たた》えておきながら、るーの言葉などなにひとつ耳に入っておらぬのじゃ! 静まれと言っても、ひかえよと言っても、るーを囲んで『魔王さま目線こっちお願いします』とかぬかして写メを撮りながら踊ってるだけじゃ、愚か者どもが！」

天使も悪魔も人間も、あんま変わらないもんなんだなあ。

「熾天使の身体が戻っておればっ。こ、こんなっ、脆弱《ぜいじゃく》で小さい身体でなければっ、あ、あやつらなど、瞬《まばた》きひとつで叩き伏せてっ」

小さな魔王は枕を濡《ぬ》らして憤慨《ふんがい》した。

「でも、そのうち封印四つ全部解けるんじゃないの？　そしたら戻れるよ、たぶん」

「解けるまでの間、あのような狼藉者がまたこの家に無遠慮に上がり込むのじゃぞ！　るーでは止められないのじゃ、それでもよいのか！」

いや、それは……よくないけど。

「だいいち、もう二つ目まで消えておるというのに、るーはちっこいまんまじゃ。ほんとうに戻るのかっ？」

「え……」

ぼくは、毛布に隠れたるーしーのむき出しの肩にちらっと目をやる。

ほんとだ。第二円〝Antenora〟も、すでに消えかけている。大魔王を封印してる罪痕が、なんでこんなにどんどん消えていくんだ？　いいのか？

「そなたは見たことがないから知らないじゃろが、るーは『光掲げる者』、曙の明星、天において並ぶ者なき燃え立つような美しさと麗しさを持つ熾天使長だったのじゃ！　いと高き者も、るーのあまりの美しさにめろめろで、そばにおいて毎日可愛い可愛いと言っておった、それがっ、氷漬けから目を覚ましてみればこのような非力な幼子のっ」

るーしーは本気で目に涙をためている。困った。どうしよう。

「えーと……」

とにかくなにか言わなきゃ、と思った。

「今のるーしーも、可愛いよ？」

永久氷壁再び、みたいな恐ろしい沈黙がやってきた。るーしーは枕に抱きついて顔の下半分を隠し、濡れた大粒の瞳でじっとぼくを見上げている。うわあ。やってしまった。フォローのしかたを完全に間違えた気がする。

「……そなた、ちっこい女が好きなのか？」

「え？　いや、べつにそんなことは、あ、あの、ええと、小さいのも、うん、悪くないと、思うんだけど」なに言わせるんだよ、誤解を招くからやめてください。

「今のるーは、ほんとにちっこいぞ？　胸なぞこんなにぺったんこで」

「わあああああっ」

いきなり起き上がったるーしーに、ぼくはあわてて背を向けた。上半身裸でパンツいっちょだったのだ。

「そ、そんなに驚くほど貧相《ひんそう》じゃったか」背中に泣きそうな声。

「い、いや、そういう意味じゃなくて、なんか着てよ！」

手近にあったシャツを、ぼくは肩越しに放った。もぞもぞと気配がして、やがて服を着たるーしーがぼくの隣に膝歩《ひざある》きでやってくる。

「……ほんとに、可愛いと思うておるのか」

いやあ、そんなにつぶらな瞳で真面目《まじめ》に訊き直されると、困るんだけど。

「う、うん」

「そう、か」

るーしーは、とん、とぼくの腕に頭を預けた。

「そなたがそう言うなら、しばらくこの身体で我慢しても、よいかもしれぬ……」

そういう問題なのかなあ、と思う。

「じゃが、力が戻らぬのはどうしようもない。また、あのようなことが起きたら」

「大丈夫だよ」今度はきっぱりと、言える。「ガブリエルさんもいるし、エリとレマもいる。一緒に暮らしてるんだから、なんとかしてくれるって」

ぼくは、なにもできないけど。胸の中で、そう付け加える。

「……るーは」少し湿った、魔王の声。「ほんとうに、ここに、住んでいてもよいのか」

「当たり前だろ。家族なんだから」

「エリやレマとちがって、るーは、なにもしておらぬ。料理もできぬし」

「そんなの気にしなくていいってば。だって、うちのクソ親父が勝手に喚び出したんだから。ぼくが責任とる」

るーしーは、なんだかせつなそうな顔でぼくをじっと見上げた。

「るーを喚び出したのは、たぶん、そなたの父親ではないぞ。だれかはわからぬが」

「……え？」

「一介《いっかい》の魔術師に、地獄の最下層が開けるものか」

「で、でも、親父はベルゼブブだって喚べるくらいだったし」

「あれとは格がちがう。るーをだれじゃと思っておる」

天軍の三分の一を率いて反旗《はんき》を翻《ひるがえ》した、堕天使の長。

地獄の中枢に四重に封じられた、帝王。

「いや、でも、だって……送りつけてきたのは、親父だったし」

「だから、どのみちそなたが責任を感じる必要などないと言っておる」

ああ、そういうことか。いや、でも……ううん。

「わかったよ。責任とかじゃなくてさ」ぼくは、るーしーの細い腕をぽんぽんと叩いた。「うちに来たのもなにかの縁なんだろうし。他に行くとこもないんでしょ。なら、せめて身体が戻るまでは――うちに、いたら？」

「……ん」

るーしーは曖昧《あいまい》に答えて、鼻先をぼくの二の腕に触れさせた。

「そなたは、生まれ変わっても、優しいな」

「え……えと」

そうか。ユダとサタンは、同じ氷壁の中にずっといたんだっけ。二千年前。

「よく憶えておらぬ。ただ」

るーしーは、ぼくの手の甲《こう》に重ねた手の指をからませてきた。

「氷の中にいたとき、そなただけを感じていた。そなただけが、そばにいた」

それじゃあやっぱり、ユダの本体は、るーしーの中にあるのか。

さらになにか訊こうとして、ぼくは、二の腕に重みを感じた。見下ろすと、るーしーがぼくに寄りかかって寝息をたてていた。泣き疲れたのだろう、ぼくはその小さな身体をベッドに横たえて毛布をかけてやる。

……手を離してくれないんですけど。

しかたない、とぼくは小さく息をついた。しばらく、そばにいよう。

エリとレマが帰ってきたときも、ぼくはまだ暗い寝室でるーしーに手をしっかり握《にぎ》られて途方に暮れていた。しかも、たまに指をはむはむとかじられるので、たまったものではない。エリはその様子を見てあきれた顔をする。

「なにしてんの祐太……」

「ええと。るーしーに食べられてる」

「祐くん、わたしもお腹空いた」

この話の流れでそういうことを言うなよレマ。でも、指をかじられる役を彼女が代わってくれたので、ぼくは夕食の用意をするために寝室を出ることができた。

「ガブリエルさんに話聞いた？」

階段の途中で、エリに訊いてみると、振り向いてうなずく。それから、立ち止まってじっとぼくをにらむ。……な、なに？

「るーしー、どうするつもりなの？」

「どうする、って……」

もちろんうちで一緒に住まわせるつもりだよ、と答えようとして、ぼくは口ごもる。

だって、今日みたいになにかあったとき、戦うのはガブリエルさんやエリやレマなのだ。ぼくじゃなくて。

「あなたは困るでしょ、また悪魔が出てきたりしたら。それなら、わたしたちがるーしー連れて出ていっても」

「だめだよ！」

ぼくは思わずエリの腕をつかんで言葉を遮《さえぎ》っていた。エリがびっくりして頬を赤くするので、あわてて手を引っ込める。

「え、ええと。だ、だって。みんなの、家なんだし。当番とか全部決めちゃったのに、出ていかれたら、困る……」

自分でも、かなり馬鹿なことを言ってるのはわかっていた。当番とかそんな問題じゃない。でも。拳《こぶし》をぎゅっと握って、エリの顔を見つめたまま、ぼくははっきりと言う。

「るーしーの面倒は、ぼくが見る」

エリはむーっとした顔になり、それからふいっと階段の先に向き直ってしまう。

「祐太は、だれにでもそうやって優しいんだから」

「……そ、そう？」

「そのくせ肝心なこと憶えてないし。もういい。わかった」

エリは、足早に階段を下りていった。取り残されたぼくは、しばらく途方に暮れる。

なにか大事なことを、ぼくは忘れているのか。エリにとって。だとしたら――

その夜の電話を受けたのは、食後のヨガエクササイズをしていたガブリエルさんだった。るーしーはまだ眠り続けていたので、エリとレマが洗い物、ぼくはるーしーのぶんのおかずを皿一枚にまとめていた。

電話のベルが鳴って、ぼくはびくっとした。ここのところ、電話というと、あいつらからしかかってこない。いちばん近くにいたガブリエルさんが受話器に手を伸ばす。

「はいはい石狩《いしかり》さん家の美人若奥様ガブリエルです」普通に出なさい。「あらら、久しぶり。ご無沙汰《ぶさた》ねえ。お元気ですよーもちろん。ん？　そうそう、地上に来たのはここ数十年。そうねえ車がほしくて。うんうん」

なんだおい、世間話始めたぞ？　相手はだれだろう。天使仲間だろうか（いるのか？）。ひとまず財団じゃなさそうで、ぼくは安心した。

「えー？　ゆんゆん？　あーあの子だめだわ奥手すぎて鈍感すぎて。EDじゃないのは確認してるんだけどね、朝とか」なんの話してんだあんたは。「そんな心配しなくても。わりあいみんなでうまくやってるわよー、うん、うん、子供ができたら挙式？　あっはっは、だれと？女四人もいるしねえ、ああうん心配しなくてもあなたは式に呼ばないから。そうねえ旦那《だんな》さんとしちゃ不安だけど一緒に暮らしてると楽よー、だから今の状況がいちばん快適てとこ。うんそう。あ、かわる？　わかった。おーい、ゆんゆん」

ガブリエルさんが受話器を振り回して呼ぶので、ぼくは残り物の皿を冷蔵庫に入れると、居間に戻った。

「電話かわってくれだって」

「ぼくに？　だれからですか？」

「え？　財団の人から」財団かよ！　ぼくは受話器を引ったくった。じゃあなんなんですか、あの馴《な》れ馴《な》れしい会話は！

『どうもご無沙汰しております、いつも夜分遅くすみません三十銀貨財団の者ですー』

「あ、あ、あんた、ガブリエルさんと知り合いなんですか？」

『は？　はあ、いやまあ大事なお客様の一人ですから。かれこれ五千年ほどおつきあいさせていただいておりますよ。ちなみに業界に出回っております共通顧客リストなるものがありましてガブリエルさまはランク付けE、返済能力ぶっちぎりの最低ランク、わたくしども以外は貸し付けようとは思わないでしょうなあ』

「あーいやそんなことはどうでもいいんですが……」

というか。

本人に訊くというのを今頃《いまごろ》思いつくのもどうかと思うんだけど。

「……三十銀貨財団って、いったい、どういう人たちが運営してるんです？」

とくに、あんたはいったい何者？

『それは、ひ・み・つ、です』言い方が腹立つ……。『貸し主は債務者《さいむしゃ》のことをつむじからかかとまで丸ごと知っておくべきですが、その逆は百害《ひゃくがい》あって一利《いちり》なしです。返済金の振込先以外のことは知らないようにしておくのがお互いのためでございますよ』

「いやあ、振込先もべつに……知りたくはないですけど」

『あっはっは。祐太さまはなかなかどうして口調は可愛らしいのに気骨のあることをおっしゃる。嫌がらせのし甲斐《がい》があると回収部隊も喜んでおりますよ。ところで、今回のわたくしどものパフォーマンスはご覧になっていただけましたかな』

……え？

『おや？　そちらにご一緒にお住まいのルシフェルさま、第二封印《アンテノーラ》まで外れましたから、そろそろ祐太さまお好みの女子高生ほどの外見にまで戻るかと』

「あんたらがやったのか、あれっ」

『もちろん。罪痕の封印が自然に外れるわけはありません。もっとも、すでに半分まで解除されましたから、第三封印《トロメア》と最終封印《ジュデッカ》はルシフェルさまの魔力内圧で自壊するでしょうな。いやあ苦労しました。わたくしどもも、なぜに覚醒《かくせい》が進まないのかわかっていなかったのですよ。ついこないだ、ルシフェルさまが外出なされる絶好の機会がありましたので、ここぞとばかりにたっぷり写真撮影して原因を究明しました』

「——あ、あ、あれもあんたらかッ？」

ぼくは、カフェでるーしーとの写真撮影に並んでいた男性客どもを思い出す。

『念のために申し上げておきますと、列に並んでいました最初の五人が我々の部隊の者でして、あとの十何人は一般人、ただのロリコンです。怖いですねえ日本は』

「おまえらがそれ言う資格ないだろ！」

『失敬な。我々はただのロリコンではありませんよ。技術と執念を有するロリコンです、一緒にしないでいただきたい。え？　ロリコンではない？　失礼、後ろの上司に怒られてしまいました。ガブリエルさまのようなばいんばいんの女性もどんと来いだそうです』

「ンなこと訊いてねえよ。な、なにやったんですかるーしーに」

『ですから、ルシフェルさまの写真を我々のロリ鑑識班がじっくりたっぷりねっぷり分析いたしまして、覚醒が全然やってこない原因を探ったわけです。結果、翼が育っていないせいだとわかりました。罪痕にばかり気をとられすぎましたな。そこで翼の成長を促すことに』

ぼくはもう唖然《あぜん》とするしかない。ふざけたことばかり言っているが、こいつら、分析力も実行力もばっちり本物なのだ。

『どうやったかというとですね、そちら様のお宅の上空七百メートルにヘリを五台飛ばしまして、機内で六人ずつが不眠不休の儀式を行って擬似魔法円を生成したわけで、このエネルギーをおよそ二十八時間にわたって受け続けたルシフェルさまは』

「……その費用、ぼくらから取る利子分でほんとに回収できるんですか？」

『心配ご無用！　回収できませんとっくに赤字です』

ぼくはもうあきれて絶句してしまう。

『それでもわたくしどもは債権を回収するのです。なめられたら金貸しは終わりです。あと赤字出てても嫌がらせするの楽しいです。あ、後ろにいる上司にまた怒られてしまいました、今のは聞かなかったことにしてください』

ほんとろくでもねえ連中だな……。

「と、とにかく！　るーしーに手を出すのはやめてください、無関係な人間は傷つけないって言ってたじゃないですか！」

『あの方は堕天使なので人間じゃないです』そんな小学生みたいな理屈かよ！『それと、実は今回のは嫌がらせじゃないのですよ』

「……え？」

『今回は、ルシフェルさまの封印を破ること、そのものが目的だったのです。なんとなれば、祐太さまにはさっさとイスカリオテのユダの死因を思い出していただきたいのでね』

こいつらも――それを言うのか。なんなんだ。ユダの記憶が、どうしたってんだ？

「な、なんでそんなっ」

『それは申し上げられません。あんなに可愛らしい少女が目をうるうるさせてすがりついてきたら、さしもの祐太さまといえど、自制心を失って唇を奪ってしまうことでしょう。現在のルシフェルさまの状態であれば、かなりサタンが顕在化《けんざいか》しておりますから、舌と舌を五秒ほど触れ合わせれば確実です』

「ふざけんな！」

『罪痕を取り戻し、ユダの死に方を思い出すときを心よりお待ち申し上げております。それまで嫌がらせは自重ということで』

「ちょ、ちょっと待ってください！」

電話は切れた。

ぼくは冷たくなってしまった受話器をしばらくじっと見つめた後で、憤懣《ふんまん》と一緒に親機に押しつける。財団もか。あの連中もユダの死因がどうとか、そんなの聖書読めよ！　いや、内容が矛盾してるんだっけ？　それで本人に真相を思い出させようって？　意味がわからない、なんのためにそんなことを。

もやもやしたまま振り向くと、すぐそばに立っていたレマの不安そうな目。ガラステーブルに並べたカップにお茶を注ぎながら、こっちをちらちら見ているエリの怪訝《けげん》そうな目。

「連中、なんて言ってたの？　るーしーになにか関係あるの？」

エリに訊かれたぼくは、しどろもどろになってしまい、「う、うん、よくわかんない」と曖《あい》昧《まい》に答えると、居間から逃げ出した。

「ちょっと待って祐太、どうしたの？」

エリの声が追いかけてくる。でもぼくには、頭を冷やす時間が必要だった。

二階の元自室のドアを細く開くと、身を滑り込ませた。書架が五十センチ間隔くらいで並べられて、今や完全に書庫になってしまっている。すっかり古い紙のにおいが充満していて、つい二週間前まで自分が寝起きしていた部屋だとは思えない。

ぼくの部屋だった名残は、書架に追い詰められたように隅に押しつけられた勉強机だけだ。そこに腰を下ろすと、電気スタンドを点《つ》けて、息をつく。

ユダの記憶。エリも、財団も、父も、……あとはガブリエルさんや教会の神父も。みんなそこにこだわる。なんなんだよ。

まわりは大騒ぎするけど、ぼくには、ぼく自身には、思い出さなきゃいけない理由がない。

机に突っ伏した。手の甲に額をぐりぐり押しつける。

思い出して、どうにかなるのなら――そりゃあ、思い出したいけど。その方法はどうなんだ。だれだよ、こんな趣味の悪いこと考えたの。

そのまま、スタンドの小さな光の中で、ぼくはかなり長い間、うつむいていた。エリの言葉と、るーしーの唇とが、頭の中でぐるぐる回っていた。

「ゆーうくん」

いきなり背後で声がして、背中に体温が押しつけられた。びっくりして頭を持ち上げると、石鹸《せっけん》の匂い。

「お風呂あいた。ガブリエルさんが、祐くん落ち込んでたみたいだから一緒に入ろうって言ってたよ」

「なに言ってんだあの人は……」ほっとこう。

「財団の人、電話でなんて言ってたの？」

ぼくはしばらく迷ってから、レマに話す。財団も、ぼくの記憶を戻して、ユダの死因を調べようとしていること。もちろんるーしーの唇どうのこうのは黙っておく。

「それで、どうして悩んでるの？」

ぼくは後ろに向き直った。青いパジャマに濡れた銀の髪。唇もつややかに光っていて、ぼくはどきりとしてしまう。どうして悩んでいるのかは、さすがに言えない。

「祐くんにはなにか、思い出したくない理由があるのかな」

「レマは――」

なんか、こういうことをあらためて訊くのも、どうかと思うのだけれど。

「神の子の記憶、最初からあったの？」

「ううん。二年前の聖金曜日に、聖痕が現れて、それで思い出した」

エリとレマも、そうだったのか。二年前までは――普通の、女の子だった。

ぼくの膝に置かれた、レマの右手を見下ろす。手の甲まで貫いた釘《くぎ》のあと。聖痕。

「あの人が憶えてたことは、みんな思い出したの」

「そんなことないよ」レマはちょっと笑って手を振った。「思い出せたのは、ほんの少しだけ。

手足の痛みとか、自分の身体の重みとか、まわりの人たちがひどいこと言ってるのとか、どんどん寒くなってくのとか」

「それって――」

処刑されているときの、記憶？

「そう。やっぱりその記憶がいちばん強いんだって」

最悪だ。だから、ぼくもユダの死に方を思い出せるってことか。むしろ財団のやつは、思い出すのはそれだけでいい、なんて口ぶりだった。

「あとは、祐くんのこと」

レマはぼくの目の前に膝をついて、首に両腕を回す。

「ぼく――の？」

「そう。御子《みこ》さまはね、死ぬ前に、神様のことだけ考えてたわけじゃないの。ずっと、祐くんのことも考えてた。それがたぶん、わたしたちの生まれた理由」

「なに――それ、だって」

レマはすっと腕を伸ばして、机の上から新約聖書を取り上げた。ぼくの膝の上で、ぱらぱらとページを繰って、やがてマタイ福音書《ふくいんしょ》の第26節を開いて見せる。

「ほら、ここ」

レマの指さしたところは、ちょうど、ユダがまさに群衆の中にいた神の子を指し示して引き渡す場面だった。

『イエスを裏切ろうとしていたユダは、「わたしが接吻《せっぷん》するのが、その人だ。それを捕まえろ」と、前もって合図を決めていた。ユダはすぐイエスに近寄り、「先生、こんばんは」と言って接吻した』（新共同訳）

「……祐くん、わたしにキスしてるでしょ？」

ぼくはしばらく呆けた顔で、レマの唇のあたりを見つめていた。

「……え、え？」

な、なに？　またキスの話？　こんな場面で、いったいなんでそんな話が？　いや、たしかに接吻したって書いてあるけど。混乱したぼくの膝の上で、またレマはページをめくる。

「でもね、同じ場面はルカ福音書とヨハネ福音書にも出てくるんだけど、やっぱりちょっと書いてある内容がちがうの。ルカでは実際にキスしたところは書いてないし、ヨハネだとそもそもキスの話は出てこない。御子さまは自分で名乗っちゃうから」

「そ、それが、なに？」

「だからね、わたしは、祐くんがキスしてくれたこと、憶えてる」

聖書を閉じ、ちょっと身を乗り出し、またぼくの首に腕を回してレマは言う。

「でも、エリちゃんは憶えてないの。聖書で食い違ってる通りに」

「――記憶まで、矛盾してるの？」

二人とも、神の子の記憶を受け継いでいるはずなのに。

レマはくすっと笑って首を振る。

「そうじゃないと思う。もっと単純なこと、たぶんね、祐くんは右頰にキスしたの。だから、わたしは憶えているけど、エリちゃんは憶えてない」

「あ……」

ぼくはレマの、右手だけにある聖痕を見下ろし、もう一度彼女の唇に目を戻す。

「わたしは知ってる。祐くんが、わたしを好きだったこと。でも、エリちゃんは知らない。エリちゃんには、その記憶は引き継がれなかったから」

それで、あんなに——ぼくに、何度も。『思い出して』、と。

いや、それじゃあ。エリも……？

「だから、ね、祐くん。思い出したら、エリちゃんの左のほっぺに、キスしてあげて。わたしばっかり不公平でしょ？」

不公平とかそういう問題じゃ。ぼくはもう完全にパニックになっていて、馬鹿なことばかり考えていて、言葉はひとつも出てこない。

「ほら、御子さまも、右の頰にキスされたら左にも、っておっしゃってる」

改竄《かいざん》すんな。でも、つっこみも入れられなかった。

レマがぼくを書庫の暗がりに残して出ていってしまった後でも、ぼくは長い間、椅子から立ち上がれなかった。

くそ、レマのやつ。さらにこんがらがることばっかり言って去っていきやがった。なにが困るって、『思い出さなきゃいけない理由』が、しっかりできちゃったことだ。しかもキスばっかしかよ。もう完全に予想外、ぼくは今《いま》いっぱいいっぱいです。ていうかほんとなんだろうか。エリ本人に確かめたりしたら、それこそ殺されそうだし……。

それと、寝るときどうしよう。こんな話を知ってしまったら、エリの隣もるーしーの隣もいづらいじゃないか。ガブリエルさんはベッドの端《はし》から端でも、わざわざ寝ぼけたふりしてセクハラしにやってくるし。

またも机に突っ伏したぼくは、風呂あがりのガブリエルさんが呼びに来るまで、そこで悶々《もんもん》としていた。


それでその夜はレマの隣で寝た。こいつもことあるごとに抱きついてくるので、油断がならないのだけれど、消去法でしかたなく。

くたびれていたのになかなか寝付けなくて、うとうとしだした頃に、レマの青いパジャマがもぞもぞ寄ってきたのは憶えている。

ひどい悪夢だった気がするけれど、そっちは全然憶えていない。

「──祐太ッ」

叫び声で、目を覚ました。

最初に目に入ったのは、ぐらぐら揺れる天井と、そこに吐き出されては飛び散る無数の黒い影の破片。それから全身をベッドに押しつける重み。なんだ──これ？

地震かと思った。でも、地震でこんなにベッドの脚ががたがたと床を踏み鳴らすわけがない、ベッド自体が揺れているのだ。首を巡らせるとカーテンがちぎれ飛んでびりびりに引き裂かれて天井の隅に張りつき、箪笥《たんす》が倒れて中身がぶちまけられ、それから、風圧で壁に押しつけられた人影が見えた。エリの黄色、レマの青、それからガブリエルさんの翼の白が、視界の隅にかすかに確認できる。

「祐太、離れてッ」

もう一度エリの声が飛んだ。ぼくは歯を食いしばって、腹の上の重みに目をやる。

なにか黒くもやもやしたものが乗っかっている──うずくまったるーしーだ、と気づいて、ぼくはぞっとする。魔王はぼくの腹の上に膝をついて背中を丸めてうずくまっている。青黒い髪が逆立ってばたばたとはためき、そこから、いつか見た蝙蝠《こうもり》のような黒い影がひっきりなしに吐き出されては空中に散っている。

なんだこれ。るーしーに、なにが起きてる？

部屋の柱と壁がぎいぎい軋《きし》むのが聞こえ、ガラス窓にひびが走った。

「──るーしー！　おい、るーしー、やめろ！」

るーしーがわずかに顔を上げた、その目がうつろにぼくの顔を映している。震える唇がときおり開いて牙《きば》がのぞく。隣の、ダブルベッドにくっつけてあったシングルベッドが弾《はじ》け飛《と》んでちょうどエリのいるあたりの壁に叩《たた》きつけられ、「──あっ」というかすれた悲鳴が聞こえ、ぼくは内臓がみんな凍りついたような思いを味わう。

この現象は何度か見たことがあった。ポルターガイストだ。父がよく召喚実験をやるときに調度が軋んで揺れるのを目撃した。でも、こんなに激しいのははじめてだ。ぼくの腹の上に乗っていて、今まさに力を目覚めさせようとしているのは、サタン。悪魔の帝王。

まずい、このままじゃ、家が吹き飛ばされて、みんなが──

「るーしーっ！」

ぼくは声の限りに叫んだ。

「目ぇ覚ませ、るーしー！」

その小さな肩をつかんで揺さぶった。この重みは、風圧でベッドに身体が押しつけられているせいだと気づく。だからぼくの腕もすぐにるーしーの肩から引きはがされそうになり、指を食い込ませてこらえた。

「るーしーッ！」

小さな魔王のうなじに手を回すと、力の限り引き寄せた。るーしーが歯を剥《む》くのが一瞬だけ見えた。その小さな身体を抱きしめた瞬間、肩に痛みが走る。るーしーの牙がぼくの鎖骨の上あたりに食い込んでいる。でもぼくは声を漏らすのをこらえた。歯を食いしばっているせいで頭の中はぎりぎりという音で埋まって、部屋をかき回す風鳴りも家具が天井や壁にぶつかる音もエリやレマの叫び声も聞こえなくなる。

やがて——

ふっと重圧が消える。

ぼくはおそるおそる目を開いた。るーしーの肩越しに、宙へとひっきりなしに吐き出されていた黒い影が薄れて消えていく。ベッドの揺れも収まっている。

「……う、ぅ……」

うめき声が耳元で聞こえ、るーしーの身体はぐらっと横に傾《かし》いで、ぼくの腹の上から転がり落ちて脇に横たわった。

「ルシフェルさま！」

ガブリエルが翼を打ち振ってぼくのすぐそばまで飛んでくると、シーツの上でぐったりしている黒い小さな身体を抱き上げる。

その青黒くつややかな髪の流れを突き破るようにして、肩から伸びた、まだ短い翼が目に入る。四対の、鈍く光る皮膜に包まれた翼。残りの二対は、皮膚を痛ましく盛り上げて、肉の中で不自然にのたくり、今しも突き破って出てきそうだ。

「……ガブリエル」

るーしーが、顔を伏せたまま、ざらざらの声でつぶやいた。

「……るーは、なにを、した？　みなは……」

「大丈夫、大丈夫です、みんな無事です、ルシフェルさまも」

でも、るーしーは無事じゃなかった。ぼくはそのとき、髪の間にのぞく黒い首筋に目をやって、第三封印〝**Ptolomea**〟の円が消えかけているのに気づいた。

抱き起こそうとしたガブリエルの手を振り払い、るーしーは膝を折り曲げてうつぶせになったまま震える声で言う。

「……正直に答えよ。……るーの翼は、何色じゃ？　三重聖唱《サンクトゥス》に暁《あかつき》の炎を返す、熾天使の純白の翼か？」

ガブリエルも、それからそばに寄ってきたエリも、もちろんレマもぼくも、答えられなかった。るーしーの背中の皮膚を突き破って伸び始めようとしているその翼は、蝙蝠のそれに似た、浅黒い――悪魔の、翼だった。

7　受難日

天使にも、悪魔にも、あるいは使徒などの聖者にも刻まれたそれは、地上の理から逸脱した者であることを示す烙印《らくいん》であり、また力が流れ込むための亀裂《きれつ》であるという。

痕《スティグマータ》――神の爪《つめ》あと。

天地に無数存在する痕の中に、たったひとつだけ、『痕を刻める痕』がある。

それが、イエスの死を確かめるためにそのわき腹に突き立てられた――《百卒長の槍《ロンギヌス》》。

砂漠谷《さばくたに》エリの聖痕《せいこん》だ。

「……だからね、エリさまの槍《やり》で、もう一度《嘆きの川《コキュートス》》を刻めば、なんとかなると思う」

ガブリエルさんは、そう説明してくれた。

「……い、痛くしたら泣くぞ」

胸から下にタオルを巻きつけて、ソファに腹這《はらば》いになったるーしーは、突きつけられた槍の穂先をちらちら見ながら涙を浮かべてつぶやいた。

起き抜けの大惨事で、食事の用意をするひまもない木曜日の朝。ひとまずぼくらは、ぐったりしたるーしーの身体を一階の居間に運んだのだった。背中に生えた、蝙蝠《こうもり》に似た翼は、まだ広げた両手にも届かないほどの短さだったけれど、さっき見たときよりも少し伸びているような気がする。そしてなにより、首のまわりに残った罪痕は、今や〝Judecca〟の円だけだ。

封印が解ければ、『光の天使』の身体が戻るのだとガブリエルさんは言っていた。るーしーもそれを望んでいた。でも、第三封印までが破られた今、その背にあるのは悪魔の徴候《ちょうこう》。もう一度封印しなくちゃいけない。

いざエリが槍の切っ先をるーしーの肌に触れさせようとすると、歯の根まで響くような不快な金属音がして、刃が弾かれた。

「なっ」

思わずもぎ取られそうになった槍を両手で支えて、エリは後ずさる。

エリが槍を刺そうとしていた、るーしーのうなじから背筋にかけての皮膚が、まるで大理石のようにまだらで光沢のある固いものに変わっている。

「るーしー！　防御しないで、刻めないから！」

「わ、わざとやっておるわけではない！」

何度も試したけれど無駄だった。魔王の肌は聖なる槍を拒んだ。

「うー……背中が痛い……」

るーしーは歯を食いしばってうめく。ほんとに痛そうだ。下の方の翼が妙な成長のしかたをしているのか、皮膚がテントのように盛り上がって腫《は》れている。

「るーの身体は汚れておるのじゃ……」

魔王はめそめそ泣きながらつぶやく。

「ユダに汚された。だから熾天使《してんし》の身体が戻らぬ」

そう言って、るーしーは舌をんべっと突き出して見せた。最初、なにをしているのかよくわからなかったけれど、すぐに気づく。

るーしーのピンク色の舌。その真ん中に、三つ横並びで刻まれた、X字の傷がある。ぼくはぞっとした。あのとき——夢の中のユダに見せられた、三十銀貨を示す罪痕と、同じ。

ユダのしるし。ほんとうの身体。

たしかに——るーしーの、口の中にある。その舌に、刻まれている。

イスカリオテのユダの罪に、汚された天使。汚された？

「祐太《ゆうた》、まさかっ」

「祐くんのばかーっ！　不潔だよっ」

「いやちょっと待てって、なんにも憶《おぼ》えてないよ、前世の話だってば！」

レマに荊《いばら》の鞭《むち》で打《う》ち据《す》えられ、エリに槍で串刺《くしざ》しにされそうになり、ぼくはあわてて逃げ出してテーブルの下に隠れた。ガブリエルさんが柳眉《りゅうび》を寄せてのぞき込んでくる。

「ゆんゆん、ルシフェルさまは肉体年齢だとお赤飯もまだなんだから……」

「やってねえよ！　んなこと言ってる場合じゃないでしょう！」

槍を持ったエリがるーしーの方に向き直ったので、おそるおそるテーブルの下から出る。

「防壁を引っ剥《ひぺ》がせればいいんだけど……」槍を逆手に持ったままのエリが、るーしーに向き直って物騒《ぶっそう》なことを言う。

「エリちゃん、アロエ軟膏《なんこう》塗ってみようよ」

んなもんが効くわけないだろ。でも聖姉妹はオリーブオイルを塗ったり日焼け止めを塗ったり、制汗剤をスプレーしてみたり、熱い濡《ぬ》れタオルでお肌を蒸らしてみたり、ガブリエルさんは槍にゴムをかぶせてみたり(ふざけんなどこで買ってきたんだ)、どう考えても無駄な手をあれこれ講じた。

「う、う、う……」

身体を好き放題いじくり回されたるーしーは、ついに泣き出してしまった。かわいそうに。洗濯用ソフト剤を試してみようとかコーラに全身漬けてみようとか真剣に話し合っているエリとレマの手から、助け出してやる。タオル巻いただけの迂闊なかっこうのままでぼくにぎゅうっと抱きついたるーしーは、ぼくのシャツの腹を悔《く》し涙で濡《ぬ》らす。

「ガブリエルさん、このまま最後まで解けちゃったら、るーしーはどうなるんですか」

「ううん。たぶん……」大天使は腕組みして視線を宙にさまよわせる。「龍《りゅう》の身体に戻る」

龍。ヨハネの黙示録《もくしろく》に現れる、七つの頭と十本の角を持つ、サタンの化身。ユダの呪《のろ》わしい身体が、美しい天使の姿を奪い、恐怖を振りまく魔獣の姿につなぎとめている。

「あれはいやじゃ」

るーしーが泣き濡れた顔を上げた。

「あれは、いと高き者の大軍勢と戦うからにはワルかっこいいシェイプにしなければという、るーの若気の至りじゃ。あやつは勝ち誇って、あのかっこうのまま何千年も氷漬け羞恥《しゅうち》プレイにしおった！　忘れたい。るーはもう大人になった。ああいうのは卒業したい。黒ラバーでかっこつけたり、堕天使とかいう呼び方でかっこつけたり、ルシフェルとかいう名前でかっこつけたり」

いや、それはおまえの本名だろうが。

「もうあの姿はいやじゃ。るーはモテ系でエロカワかっこいい愛され熾天使がよい」

「るーしー、意味わかって使ってないでしょそれ」エリが冷静に言う。「まだちっちゃいんだからそんなの無理」

いつもなら怒るところだったけれど、魔王はしょんぼりした顔のままだった。ぼくから離れ、カーペットに両脚を投げ出してぺったり腰を下ろし、ぽつりとつぶやいた。

「……すまぬ」

るーしーは、悪くないよ。そう言おうとして、でも声が出てこない。

「みなに、迷惑をかけるわけにはいかぬ。出ていく」

「るーしー、だめだよっ」

レマが後ろから飛びついて、るーしーの首根っこをぎゅっと抱き寄せた。

「るーしーはうちのいちばんちっちゃい子なんだから！　困ったらみんなでなんとかするの」

「レマ、背中痛い痛い、離れぬか！」

るーしーはばたばたと暴れた。レマはおっと、という顔をして、押しつけていた胸を離すけれど、首に回した腕はそのまま。

「エリちゃんもガブリエルもいるんだから、ちゃんと頼って！」

「そなたらでは、どうにもならぬではないか……」

るーしーの答える声がとぎれとぎれなのは、首を後ろから絞められているせいだけじゃなかっただろう。エリも、小さな魔王の正面にしゃがんで顔をのぞき込む。

「出てってどうするの、ばか。町中で龍になっちゃったらどうするつもり？」

「う……」

るーしーは沈痛《ちんつう》そうな顔をうつむける。

「まわりの迷惑も考えなさい。なんとかするから、この家でおとなしくしてるの、わかった？」

魔王は答えなかった。ただ、エリの顔をじっと濡れた瞳で見つめ、それからその肩越しにぼくへと視線を移しただけだ。

ぼくだって、ちゃんと言いたかった。るーしーは家族なんだから、ここにいなきゃだめだと。

でも、ぼくにそんなことを言う資格はない。だって、どうにもできないのだから。

ぼくらが黙っていると、いきなりガブリエルさんが割り込んでくる。手に握《にぎ》っているのは油性ペンだ。

「はーいルシフェルさまちょっと失礼。レマさま腕どけてねー」

なにをするのかと思ったら、なんと油性ペンでるーしーの首のまわり、最後に残った封印円の外側に三つの円を書き足して、『とろめあ』『あんてろーな』『かいーな』と書き添えやがったのだ。ぼくもエリもレマも、しばらく目が点になっていた。

「……な、なにしてんですか」

ようやく最初に声を出せたのは、ぼくだった。

「なにって、緊急措置《そち》。ひとまず抑えとかないと」

「なんでひらがな」

「綴《つづ》りわかんないから。いいじゃない効けば」

「効くわけねえだろ！」

「祐くん、るーしーの背中、引っ込んだ」

レマが言うので、ぼくはびっくりしてるーしーの肩越しに背中を見た。

ほんとうだった。さっきまで皮膚を痛々しく隆起《りゅうき》させていた下二対の翼が、今は落ち着いて、盛り上がりも腫れもぱっと見ではわからないくらいに引いている。すでに肌を突き破って生えてしまった八枚の翼は、あいかわらずべつの生き物みたいにゆらゆら蠢《うごめ》いていたけれど。

「……ゆんゆん。私になにか謝ることがあるんじゃないのかな？」

　ガブリエルさんがペンの尻でぼくの頬をうりうりと突いた。

「……あーもう、わかりましたよ、すみませんでした効かないとか言って」

　効いたのがいまだに信じがたいけど。

「腐っても大天使よ？」

　エリが冷静に訊ねた。

「ガブリエル、これどのくらい保つの？」

「んー。長くて二日くらい？　一回しかごまかせないし。これね、身体に『痕がある』って勘違いさせてるの。だから身体が一回で慣れちゃうのね」

　全然だめじゃないか。

「じゃあそれまでに、見つければいいってこと」

　エリは自分に言い聞かせるようにつぶやく。レマがそれにうなずいてみせる。

「るーしーを守る方法。なにか調べてみる。あなたたちは学校行きなさい」

「こんなときに学校なんてっ」

　エリが目をつり上げて振り向く。でも、ガブリエルさんはその肩に両手を置いた。

「こういうときでも、学校は大切なの。普通の生活するのがいちばん大事。天使の身体についてなら私がいちばん詳しいんだから、私が手だてを考える。困った顔してみんなで家に籠もってたってしょうがないでしょう。ルシフェルさまも気にしちゃうし」

「それは……そうだけど」

エリは恥ずかしそうに視線をそらす。ぼくはちょっとガブリエルさんを見直していた。この人、たまにものすごくまともなことを言うのだ。

「それに、せっかく一日中ルシフェルさまの身体をじっくり調べられるチャンスなんだから、二人きりにしてくれないと」

「見直して損したよ！」

悠長に食事の用意をしていると遅刻しそうな時間だったので、食パンだけで簡単に朝を済ませると、ぼくと砂漠谷姉妹は制服に着替えた。玄関を出ようとしたとき、ガブリエルさんがぼくの腕を引いて耳打ちした。

「あのね、ルシフェルさま、かなりまずいの」

「……なにが……ですか？」

ドアの向こうで、「祐太なにしてんの早く！」「祐くん遅刻しちゃうよーっ」という二人の声が聞こえる。ガブリエルさんはさらに声をひそめた。

「魔力の成長に、身体の成長が追いついてない。氷漬けからすぐなのに封印解けちゃったせいだと思う。羽が育つの痛がってたでしょ」

ぼくはうなずく。あれはたしかに、普通じゃなかったけど。

「じゃ、じゃあ、全部解けたら」

「わからないけど、最悪の場合――」

ガブリエルさんはまつげを伏せた。

「ルシフェルさまの今の身体は吹っ飛ぶかもしれない」

ぼくはガブリエルさんの顔を食い入るように見つめた。冗談を言っている表情じゃなかった。吹っ飛ぶ？

「え、いや、あの、それって」

天使って、いや今は悪魔だっけ、身体が吹っ飛んだら、ええと。

「さあ。わからない。でも私たちも、不滅の存在ってわけじゃないの。少なくとも意識は保《たも》てなくなる。龍の本性が暴走するかもしれない。そしたら、もう止められない」

ぼくは立ちつくして絶句するしかない。

そんなの。ぼくにどうしろっていうんだ。

「なんで――ぼくにだけ。ぼくに言われても」

「わからない？」

ガブリエルさんは腕組みしたまま壁に寄りかかって、笑っているのか、それとも責めているのかよくわからない表情で、ぼくを横目に見た。

ぼくは、なにも答えられない。わかるわけがない。

「……そう。それならいい」

今度はうっすらと、見てそれとわかる微笑《ほほえ》みを浮かべるガブリエルさん。

「そのときは、私がなんとかする。止められないのなら、大天使長の名にかけて、ルシフェルさまを連れていく」

「……連れていく、って……どこに」

「地上じゃないとこ。そしたらもう、戻ってこれないかもしれないけど」

「そ、そんな」

そのとき背後でドアの開く音。

「もーっ、祐くん早くってば！ エリちゃん行っちゃったよ！」

レマの手がぼくの腕にからみついて引っぱる。

「ごめんねレマさま、ゆんゆんが行ってらっしゃいのキスをねだるから」

「祐くんっ！」「してねえよ！」

ぼくはレマに引きずられて玄関を出た。

閉まるドアの隙間に見えた、手を振っているガブリエルさんのさみしそうな笑顔が、しばらく頭に残っていて離れなかった。

＊

でも、ぼくの心配が過ぎていたのかもしれなかった。その日、エリとレマとの三人で学校から帰ってみると、ガブリエルさんとるーしーはともに上半身裸の上に直接エプロン、背中は翼むき出しというものすごいかっこうで台所に立っていた。いや、たしかに天使にとっちゃ楽な服装かもしれないけどさあ！

断っておくと、下はそれぞれジーンズと短パンである。

「祐太！　たまにはるーが夕食を作ってやったぞ！」

居間に入ると、るーしーがぱたぱた駆け寄ってくる。なんだよ、えらい元気そうじゃないか。

「な、なんですか、ひょっとして、どうにかなったんですか？」

「ううん全然。さっぱりなんにも」ガブリエルさんはしれっとした顔で言う。唖然《あぜん》とするぼくのかわりにエリが噛《か》みついた。

「料理なんてしてる場合なのっ？」

「だってねえ、わかんないことに悩んでてもしょうがないじゃない。ネットであちこち『サタンを封印する方法教えてください』ってマルチポストしてきたし」やめなさいそれは。「あとは天界にもメールしてみたし、その返事待ち」

「他になにか、できることないの？」

るーしーを抱き寄せながらレマが不安げな顔で言う。

「だからいっぱい食べてよく寝ましょうよ。ほら、ルシフェルさまの身体がちゃんと育てば、なんとかなるでしょ？」

いや、そんな簡単な話なのか？　たしかに、どうしようもないことをぐじぐじ考えていてもしょうがないのだけれど。それなら、料理でもしてた方がまだしも――

「……ていうか、台所届くの？」

るーしーの背丈《せたけ》じゃ背伸びして手を届かせるのが精一杯だから、料理なんて無理だと思うんだけど。

「今は羽がある。浮けるのじゃ」

るーしーはそう言って背中の蝙蝠の羽をくいくいと振ってみせた。なるほど。って、またちょっと翼が成長してる気がする。

「まあ、ほとんど私が作ったんだけどね。明日は休みだし、今日はしこたま酒飲もうと思って、料理も豪勢よー」

ガブリエルさんはそう言って、合鴨《あいがも》ハムのサラダとかローストチキンとかゼリー寄せとかパエリアとか、ほんとに豪華な料理をテーブルに並べた。

料理できたのかよ。……できたのかよ！

「ゆんゆんは私を見くびってばっかりだなあ」

「だ、だって普段あんなにずぼらで、あ、いや、ぼくに任せっきりだったし」

そもそも、料理できるならどうして教会じゃエリとレマに任せてたの？

二人も驚いていた。

「ガブリエルは、料理全然だめって……言ってなかった？」

「あーごめん、あれ嘘。めんどくさかっただけ」

「あんた最低だな！」

「でもルシフェルさまがどうしても料理したいって言うから。優しいでしょ私」

「普段のぼくにもその優しさを発揮してください……」

でもガブリエルさんの料理はほんとに美味しいのである。というかこれは明らかに、素人料理ではない。盛りつけも見栄えがするし。

「地上生活が長いので調理師免許も持ってるのよ」

謎《なぞ》な人だ。いや天使だっけ。どこでも生きてけそう。

「でも、わたしは毎日食べるなら祐太の料理の方がいいな……」

エリが鶏もも肉を切り分けながらなにげなくつぶやき、みんなの視線が集まったのに気づいて顔を赤くする。

「な、なに？」

「エリちゃん、今のは一般的にはプロポーズの言葉だと思うよ」おいレマなに言ってんだ。

「ばかっ、そ、そういう意味じゃ、ちがうの、ガブリエルのはパーティ料理ばっかりだからっ、こんなの毎日食べてたら肥《ふと》っちゃう」

「るーはいくら食べても肥ったりせぬから、二人とも作ってくれるとなおよい」

「るーしーはまだ子供なだけでしょ。そうやって甘く見てるとね、育ち盛り過ぎたらすぐ油断がお腹に出てくるんだから」

「油断が腹に出るとはなんじゃ？」

るーしーは興味津々の目でエリを見上げながら、エプロンの脇から自分の腹に手を差し入れる。翼が邪魔なので、他に着られる服もなく、ずっとエプロンをつけているのだ。

「え？　うー、えーとその」

「エリちゃんはまだ大丈夫、ウェストわたしと一センチしかちがわ」

「こらーっレマっ」

立ち上がったエリのブラウスをすかさずまくり上げるレマ。

「ほらるーしー、こうやってお腹《なか》をつまんでみてね」

「やめなさい！　祐太こっち見るな！　るーしーもひとのお腹でぷにぷにしないの、や、ちょっと二人とも！」

顔に布巾《ふきん》を投げつけられたので、ぼくは椅子に後ろ向きに座って、テーブルの向かい側の三人娘のじゃれ合いを背中に聞く。いや、あの、ちょっと見えちゃったけど、それにエリのお腹はこないだも見たけど、気にすることはないっていうか——それ以上やせたら内臓入る場所なくなっちゃうよ？　でも女の子ってやせてる人の方が気にするんだよね。図書委員の先輩たちもみんなスタイルいいけど、ダイエットの話題よく出るし。

「女の業ってやつよ、ゆんゆん」

全然気にしてなさそうなガブリエルさんは、ぼくの隣でビールをぐびぐび飲みながら言う。

「でもまあ、美容にいいメニューを研究しておけば、この先の結婚生活でも役に立つんじゃないかな？　産褥期《さんじょくき》に気をつけないとスタイルなかなか戻らないし、ほら、お乳の出にも関わるしね。って、なんでいつもみたいにつっこんでくれないの？」

「……いや、そうも立て板に水でセクハラされるとどう返していいものやら」

「ちゃんと避妊するから大丈夫ですよ、とか」

「セクハラ連鎖じゃねえか」

「私と神父さまの会話はいつもそんな感じだったけどなあ」

ほんとろくでもない教会だな。エリとレマには悪いけど、潰《つぶ》れてよかったのかも。

こんな考え方はどうかと思うけれど——おかげで、ぼくにも家族ができた。背後で、まだスリーサイズについて激論を戦わせているエリとレマとるーしーの会話をぼんやり聞きながら、ぼくは願う。つまんない現実は玄関の外でずうっと足踏みしててもらって、ただこの暖かい時間だけが、いつまでも巡ってくれたらいいのに。

もちろん、むなしい願いだったと、すぐに知らされることになるのだけれど。


いつも通りの並び順、つまりエリの隣で、ぼくはすぐに眠りについた。朝の騒動でめちゃくちゃになっていた寝室はガブリエルさんが片付けてくれていて、シーツも新品、ポルターガイストもなく、久々に静かな眠りだった。

目を覚ましたときには、すぐ目の前にエリの寝顔があって、額が触れ合っていたのであわてて寝返りを打つと、なぜか背中にレマがひっついて寝ていた。ベッドの端から落っこちそう。たしかエリの向こう側に寝てたはずなのに、どうやったらこうなるんだ。さらに謎なのはガブリエルさん。身を起こすと、ぼくの太ももに頭を乗せて横向きで寝こけているのである。

休みの日なのでだいぶ日が高くなるまで寝てしまった。カーテン越しに射《さ》し込《こ》んでくる陽光《ようこう》で部屋の中はだいぶ明るくて、みんなの寝相のせいで半分くらい空き地になったベッドのシーツの白がまぶしい。

一分くらい寝ぼけ眼で見回していて、ようやく気づく。

るーしーがいない。

あの小さな黒い少女の影が、どこにもない。

その事実がぼやけた脳みそに染み込むのに、いくらか時間がかかった。

トイレにでも行ってるんだろうか――そう思って、ガブリエルさんの頭をどかしてベッドから下りたとき、それを見つけた。

ベッドの向こう端の枕元だ。白いエプロン。それから、ストライプのニーハイソックス。ハーフパンツ。その下には、エリが買ってあげた黒いゴスロリドレス。どれもきれいに畳んで、重ねてある。

るーしーの服だ。

ぼくは寝室を飛び出した。階段を駆け下り、居間、ダイニング、台所、それから和室、トイレ、浴室に物置まで捜す。二階に駆け戻って書庫と押し入れを片っ端からあらためる。いない。どこにもいない。

ふと背後で足音。青と黄色のパジャマ姿。

「祐くん? ……どうしたの」

「るーしーがいなくなった」

レマははっとして、背後のエリを振り返った。

二人と入れ違いに、ガブリエルさんが書庫にやってくる。

「ごめん、全然気づかなかった……いつ、いつ出てったか、わかる?」

二日酔いなのか青い顔をした大天使は、そう訊いてくる。ぼくは弱々しく首を振った。

ガブリエルさんの横を通り抜けて廊下《ろうか》に出ると、窓を開け放って庭を見下ろした。門の外に続くアスファルト道路、春のはじめの柔らかい朝日に微睡《まどろ》む町。

出てってどうするつもりなんだよ。エリの言ってたこと聞いてなかったのか、地上で龍の身体に戻ってどうするんだよ？

ばたばたっ、と寝室から足音が出てくる。振り向くと、エリもレマも、修道服《しゅうどうふく》——この家にはじめてやってきたときに着ていた、あの黒いシスターの衣装を着ている。

「捜しに行こう、祐くん」

「……どこに？」

自分で聞いて気力がしぼむくらい、ひどく萎《な》えた声が出た。

だって、なんの手がかりもない。そもそもあいつは地獄から引きずり出されたから、この地上で行くあてなんてない。この家しか、ないはずなのに。なんで。なんで出てったんだよ。ここにいていいって、ぼくが言ったじゃないか。いつの間にか、るーしーに腹を立てている自分に気づく。

せめて、出ていく前に、ぼくになにか。いや、そんなことをしたら止めるにきまっているけど、でも、でも。

そのとき、エリがはっとした顔をする。

「祐太、地下室は探した？」

「あ……」

ぼくが答えるよりも早く、エリは階段に消えていた。レマがその後を追いかけ、二人分の足音が転がり落ちていく。

地下倉庫は、玄関から庭に出て左手、大きな金属の引き上げ戸の下にある階段をおりていったところだ。学校の教室くらいの広さがあり、天井の数少ない蛍光灯は切れかけて陰鬱《いんうつ》に明滅し、壁際のボイラーは低くつぶやき続け、換気扇が回っているのに硝煙《しょうえん》とアルコールと埃《ほこり》のにおいがたっぷり満ちていた。床にはなにか動物の骨や鉱物の破片が散乱し、その下のコンクリートには、複雑な紋様の召喚円が黒炭を使って描かれている。

ぼくの目にも、召喚円の輪郭がぼんやりと青く発光し、中心に近いあたりに黒い靄《もや》の塊がわだかまり、ときおりふつふつと小さい羽虫の影みたいなものがそこから湧《わ》き出《で》ては宙に霧散するのがわかった。

円の縁にかがみ込んで床に顔を近づけていたガブリエルさんは、立ち上がって言う。

「たぶん二時間くらい前。ゲートが開いて、こっちから地獄に転移した痕跡《こんせき》がある」

わざと、事務的な言葉を使っているのがわかった。

こちらから、地獄へ、

ぼくは召喚円の縁に、力なくしゃがみ込む。

そうか。るーしーは地獄へ戻ったんだ。第二の故郷へ。

彼女は、最良の選択肢を取った。ぼくらを危険にさらさないように——地上で龍の力を暴走させたりしないように。悪魔が本来いるべき、血と暗闇《くらやみ》と業火《ごうか》の国へ。

家を捨てて。家族を捨てて。

ここにあった、暖かさをみんな捨てて。

「レマ。地獄の瘴気《しょうき》、荊冠で防げる？」

いきなりエリが言った。ぼくは、脇に立つ彼女の顔を見上げる。暗がりに沈んでいて表情がよく見えない。その隣でうなずく、妹の顔も。

「たぶん。何時間保《も》つかわからないけど」

「そう。わたしは耐性あるし、それならなんとか」

「……ちょ、ちょっと待って」

ぼくは思わず立ち上がって、エリに詰め寄っていた。

「まさか地獄に下りるつもりなの？　無茶だよ、だってっ」

「無茶じゃない」

きっぱりと返され、ぼくはしばらく絶句する。レマは、ちらと一瞬だけぼくの顔を見て、けれど無言で地下室を出ていった。

「地獄だよ？　悪魔いっぱいいるんだろ？　それに、めちゃくちゃ広いのに、どこに行ったのかもわからないのに――」

「じゃあ祐太はっ」エリは拳《こぶし》でぼくの胸を突《つ》いた。「ほっとけって言うの？」

だって――

しょうがないじゃないか。

たとえ追いついたって、どうしようもないんだから。

罪痕を刻み直すこともできない。封印が全部解けちゃったら、もうどうしようもない。あの幼女の身体のときでさえ、エリとレマが束になってもかなわなかった魔王だ。

龍の身体で暴走されたら、こっちの身が危ない。

るーしーはぼくらの身を案じて、いちばんいい方法を選んでくれたんだから――

ぱあん、と音がするのと、視界が激しく揺さぶられるのは、同時だった。しばらく、なにが起きたのかわからなかった。頬に熱が、それからじわりとした痛みが広がっていくので、ようやくぼくはエリに平手で引っぱたかれたのだと気づく。

「本気で言ってるの？」

エリはぐっと唇を噛みしめ、目に涙をためて、ぼくをにらむ。

「信じられない。るーしーは家族でしょ？　家族を助けに行くのに、なんでそんなにいっぱい言い訳並べてあきらめなきゃいけないの？」

心臓をスプーンでえぐられたみたいだった。ぼくはまるでもう一発殴られたみたいに、ふらふらと後ずさってしまう。地面がどこにあるのか、自分がほんとうにちゃんとまっすぐ立っているのかも、よくわからない。

「祐太は、それでもいい。あなたはなんにもできないんだから、ここで震えてればいい。でもわたしは、家族なら、たとえ悪魔だって助けに行く。止めないで」

そんな。そんなこと言われても。

じゃあエリとレマを心配するのはだめなの？

再び地下室の鉄扉が軋《きし》む音。そして駆け込んでくる足音。

「エリちゃん、全部持ってきた」

レマが両腕いっぱいに抱えているのは――あれは、空き瓶？

「ガブリエル、封印外して」

「……ＯＫ。ちょっと離れてて」

まるで三人の女は、ぼくに聞こえない言葉で会話しているみたいだった。ガブリエルはレマから受け取った瓶から一つ一つ蓋《ふた》のテープをはがしていく。あれは――そうだ、いつだったか、るーしーの最初の封印が解けた日に、この召喚円から勝手に出てきて、そしてガブリエルが閉じこめたという悪魔だ。

ガブリエルが両腕をばっと広げた。五つの瓶がいっぺんに床に落ち、ガラスが砕ける。ぼくは思わず腕で頭を覆っていた、いったいなにを。

　地下室の壁が震えるほどのどす黒い気配が噴き出してぼくの顔に吹きつけ、きいきいと甲高く不快な叫び声があふれる。床に散らばった瓶の破片の間から、無数の巨大な黒い影が立ち上がり、無数の翼を広げ、呪詛《じゅそ》と歓呼《かんこ》の歌声をほとばしらせる。そのとき——

「偽りの王《ヒュドール・ホ・アンスローポス》として辱めよ！」

　悪魔たちの穢《けが》れた讃歌《さんか》を切り裂いて、レマの声が響き渡った。鮮烈な光輝《こうき》を散らして、爆発的に植生した深緑の蔓《つる》があたりを駆けめぐる。

「ギィアアアアアッ」

「グッギャウウァアアアアアッ」

　悪魔たち——みな、後脚で立ち上がった牛のような身体に蝙蝠の翼を生やし、顔だけが狒々《ひひ》に似た醜怪《しゅうかい》な姿をしていた——の喉から、不快なうめき声が漏れる。荊冠が五匹をまとめて縛り上げ、ぎりぎりと締めつけている。押し合いへし合いになり、蔓の間からはみ出した翼の先が弱々しく闇を掻《か》く。

「痛エ！　痛ェエエエエッ」

「離セ、離セ離セ離セ離セ離セェエエエエエッ」

「静かにしなさいっ」

　凛《りん》としたエリの声が、一撃で悪魔を黙らせた。

「地獄へ還《かえ》してあげるから、言うことを聞くの！」

「貴様ァアアア、メシア臭ェエエエエエ」

「メシア死ネェエエエエ」

「レマ、もっときつくしてやって」「うんっ」

「痛ェ痛ェ痛ェエエエエッ」「ゴメンナサイィイイイイ」

エリは悪魔たちに詰め寄ると、一匹の尻尾をぎゅうっとつかんで言う。

「いい？　あなたたちの大事な魔王は地獄へ戻っちゃったし、今あの娘の身体は大変なの」

「魔王サマァアアアッ」

「魔王サマァアアアアア愛シテルゥウウウッ」

「魔王サマァアアアアロリィ身体ァアアア好キィイイイッ」

「静かにしなさいっ叩《たた》き斬《き》られたいの？」悪魔どもは一喝《いっかつ》でおとなしくなる。「とにかく見つけないと危ないの、あなたたちならだだっ広い地獄でも捜し出せるでしょ？」

「捜セルゥウッ！」

「魔王サマイイ匂《にお》イィイイイッ」

「なら、わたしとレマを乗せていきなさい。わかった？」

「乗セル！　乗セルゥウウウッ！」

「イイ匂イノ聖少女乗セルゥウウウウウウッ」

「聖少女ノ尻乗セルゥウウウウウウウッ」

たいへん不安にさせるその契約は一瞬でまとまってしまった。ぱちん、と空中で光が爆《は》ぜ、荊冠がかき消える。悪魔たちは涎《よだれ》をまき散らして歓呼の鳴き声をあげ、蹄《ひづめ》を踏み鳴らして召喚円の中に駆け込む。エリが、続いてレマが、その牛の背中に飛び乗る。

ぼくははっとして、召喚円に駆け寄ろうとした。でも膝《ひざ》が震えていて、それ以上前に進めなかった。行ってしまう。エリとレマが、地獄に行ってしまう。

円陣の輪郭から、ひときわ強い青い光があふれる。その中で、エリがガブリエルを振り返って言う。

「戻ってきたときはゲート開くのお願い」

「わかってる。気をつけて行ってらっしゃい」

二人を乗せた悪魔たちを囲む光が強まる。最後に一度だけ、レマがぼくをちらと見た。さみしそうな瞳。エリは、ぼくの方を見ようともしなかった。

悪魔と聖少女のシルエットは百万の光の粒になって砕け散ったかと思うと、あっという間に床の円陣に吸い込まれ、消えた。やがて光はおさまり、円の輪郭に余韻がじりじりと音をたてて燃えているだけになる。

行ってしまった。

エリも、レマも、行ってしまった。

　ガブリエルさんは召喚円の際に、だらしなく腰を下ろす。

「ゆんゆん、上行ってなさい。今日一日、この家から離れてた方がいいかも。私はここでずっと待ってなきゃいけないし、なにかあったら、ここふさがないといけないし」

　ぼくはガブリエルさんの横顔を見る。ここを、ふさぐ？

「ん？　まあ、半日くらい待ってみても戻ってこなかったら、ね。ほら、開けっ放しは危険だから。龍の力が地上に漏れると困るし」

「エリとレマはッ？　地獄に置き去りにするつもりなんですかっ」

「大丈夫だいじょうぶ。二人とも神の子よ？　なんとかなるって」

「だって、どうやってっ、るーしー見つけたって、もう封印一つしか残ってないし、エリの槍は効かないんだしっ」

「あのさ、ゆんゆん」

　ガブリエルさんが立ち上がって、歩み寄ってくる。震えるぼくの頬に両手を添える。

「今さらこんなこと言うのもどうかと思うんだけど。私らは、ほら、勝手にこの家に押しかけてきただけじゃない。ゆんゆんはすごくよくしてくれたけど、しょせん私は天使だし、エリさまもレマさまもまともな人間じゃないんだし、ルシフェルさまなんて悪魔よ？　あなたが心配するようなレベルのお話じゃないでしょ？」

　ぼくはガブリエルさんの手の中で、うつむいて、拳を握りしめる。エリに叩かれた頬が、まだちりちりと痛む。

「……ほんとに今さらですね。……もう、遅いです」

「遅い？」

ガブリエルさんが首を傾げる。

「だって。……一ヶ月、ですよ」

ぼくはこの人と、エリと、レマと、それからるーしーと、一ヶ月も一緒に暮らしていて、ずっと楽しくて、ずっとああして家族でいられたらいいと思って——

「それなのに、今さら……ッ」

「あなた二分くらい前にルシフェルさま見捨てようとしてなかった？」

「ああああああああ」

ぼくは頭を抱えてコンクリートの床にうずくまった。

「エリさまに一発引っぱたかれたくらいで、吠《ほ》えるようになるわねえ」

「ううう……」反論できない。

「まあいいんだけど。いくらでも吠えなさい。追いかけようったって無理よ？　ゲート開かないんだから。ゆんゆんは一般人らしくお外に避難して、後日談の回想シーンでも編集してなさいな。パンチラ多めで」

「ふざけんな！」

ぼくはガブリエルさんの手を振り払い、召喚円に一歩、また一歩、近づく。

「……ゆんゆん？　だから無理だってば」

背中にかけられた声にも足を止めず、光を残したラインを越え、複雑な紋様と呪言がひしめく円の中に踏み入る。

「なにしてるの、開いてないんだから無駄よ」

ほんとになにしてるんだぼくは、と思う。でも、足は止まらなかった。円の中央、ひときわ強く光が残っている空白の中心に、ぼくは膝をつく。黒炭で書かれた、様々な聖の者と魔の者の名前に手を触れさせる。

「無駄だし危ないから退がって――」

「ぼくは魔術師の息子ですよ。ここであのクソ親父が何度も召喚の儀式をするのを見てきた」

「――ちょっ、そんな忘れてたような設定ここで使うわけ？」

小さく、父の本名を――この召喚円を創《つく》った魔術師の名前を、つぶやいた。その瞬間、まわりの空気が帯電したような気がした。身体の内側の毛まで逆立つ。目に青い光が突き刺さる。

「ゆんゆん、無茶だからッ――」

百万人の大合唱を逆回転させたようなすさまじい音の奔流《ほんりゅう》が足下からあふれ出てガブリエルさんの声をかき消した。コンクリートに押しあてた自分の手が、腕が、膝から下が、やがて全身が光の粒に分解されていくのを感じた。

ぼくは、暗闇の中に堕《お》ちていく。

気づくと――

ぼくはごつごつした荒れ野の真ん中に立っていた。

足下は岩ばかりで、視線を持ち上げると病的な紫の光をぼんやりと帯びた稜線《りようせん》が見渡す限り続き、闇色《やみいろ》の大地と藍色《あいいろ》の空を切り分けている。遠くところどころの地面に、じくじくと炎が燃えているのが見える。

地獄。

ほんとに地獄だ。鼻につく硫黄のにおい。呆然としながらも一歩踏み出し、ぼくはいきなりがくんと身体から力が抜けるのを感じて、岩に膝をつく。

めまいと頭痛がやってくる。瘴気《しようき》だ。死ぬほど臭《くさ》い。いかん、これ洒落《しやれ》になってない。地獄の毒気が、鼻から、耳から、ぼくの体内に入り込んで粘膜をずたずたにしながら肺へと落ちていく。視界が徐々に赤く染まっていくのもわかる。

すげえ甘く見てた、るーしーもぼくも二千年間こんな空気の中にいたのかよ、そりゃ呪われるわけだ。やばい、これ二分と保たない。さすがにこの死に方はどうなんだ、あまりに間抜けすぎる――

「――祐くんッ」

不意に響いた声が瘴気を揺らした。胃液を飲み下しながら必死の思いで顔を持ち上げたとき、ふっとあたりの空気が軽くなる。

呼吸が、できる。

ぼくのまわりを取り巻いて、揺らめきながら漂っているのは――荊の蔦だ。

首をねじって、そこに輝く銀色の髪に縁取られた懐かしい少女の顔を見つけて、ぼくは泣き出しそうになる。

「祐くん、な、なんで、なんで来たのッ」

駆け寄ってきたレマは、ぼくを抱き起こして耳元で叫ぶ。

「死んじゃうよ！　どうして、どうしてッ」

ぼくはごめんと言おうとして、かわりに激しくむせた。レマはぼくの胸をきつく抱きすくめる。肩越しに、少し離れた岩場の上で群れるあの牛の悪魔の群れと、それから金色の髪をはためかせて駆け寄ってくる少女の姿が目に入る。

「祐太、ばかっ！　な、なにしているの、なんのつもりでっ」

エリは右手に百卒長《ロンギヌス》の槍を握りしめたまま、左手だけでぼくの襟首をねじり上げた。

「ごめん、でも」

「ここまでばかだと思わなかった！　あなたなんて、あなたなんて！　ここにいたってしょうがないでしょ、戻って！　死にたいの？」

「戻らない」

「なに言ってるのっ！」

ぼくは、エリの左手を両手で包み込んだ。

「だって、二人だけ行かせるわけにいかないよ……」

「だからって祐太がっ」

「いや、あの、ごめん、ほんとごめん、でも」

ほんとに、なにしに来たんだろう。落ち着け。なんでもいいから言い訳考えろ。

「……ぼく、二千年もここにいたわけだし、エリよりも、詳しいよ？　地獄」

「記憶戻ってないくせにっ」

「ええとだからその、ここの臭い空気吸ってたら思い出すかもっ、そ、それにるーしーだって
ぼくが記憶戻ればなんとかなるかも」

エリの顔が地獄の苦しみ全部合わせたよりもすさまじい鬼の形相になる。

「エリちゃん」

レマがぼくを抱きしめたまま振り向いて言う。

「祐くんは、わたしが守る。ぜったいに」

エリはしばらく目を見開いて、ぼくと妹の顔を見つめていた。その唇が、いくつも言葉にな

らない言葉を噛んだ。

でもやがて、槍を握り直し、金の髪をひるがえしてぼくらに背を向ける。

「早く乗って。急いで!」

短くそれだけ言うと、悪魔たちの方へと駆けていく。

レマの肩を借りなければ立ち上がれもしない自分が、情けなかった。牛の背に乗ると、後ろにまたがったレマが両腕を腰に回してぎゅっと身体を押しつけてきた。

無数の蹄が地獄のひび割れた大地を蹴《け》った。


どれほど地獄の瘴気の中を飛んでいたのか、わからない。ぼくとレマを狭く取り囲んで浮遊している荊でできた円筒形の壁は、ゆっくりと外側から腐っていき、紫色の煙になって散り、そのたびに内側から新しい蔦がのびて隙間を埋めた。

レマの動悸がきつくなっているのがわかった。ぼくは、腰に回された彼女の手に手を重ねることしかできなかった。ぼくを前に乗せた理由がなんとなくわかる。つらい様子をあまり見られたくないのだろう。

不意に高度が落ちた。地平線がぐらぐらと揺れたかと思うと、急に持ち上がってきて、やがて腹に衝撃があり、ぼくらは牛の背から転げ落ちそうになる。荊の隙間から見ると、エリを乗せていた悪魔も、それと並んで飛んでいたやつらも、みんな岩の上に着地している。

「……どうしたの?」

レマが悪魔に優しく訊ねた。ぼくらを背に乗せた悪魔は、憐《あわ》れっぽい妙な鳴き声をあげた。言葉になっていなかったけれど、ぼくにはその意味がわかった。

だって、ずっと向こうに――ぼんやりとした炎に包まれた、小さな影が見えたからだ。

ぼくらは牛の背から飛び降りた。足下が真っ暗な上に岩の傾斜《けいしゃ》がきつくなっていて、転びそうになる。

「もうここで大丈夫。あなたたちは逃げて」

レマが牛の耳に囁《ささや》く。

エリは三歩ほど前でちらとぼくを振り返ると、向き直って歩き出した。

自然と、ぼくらの足取りは速まる。白い炎が柱になって揺らめいているのも、その中で無数の蝙蝠の翼がシルエットになっているのも、見える。

「るーしー!」

エリが大声で呼んで、駆けだした。ぼくとレマはしっかりと手をつなぎ、荊を周囲に漂わせながらそれを追う。

るーしーは平たく舞台のようになった岩の上にうずくまっていた。地面に放射状に焼けこげの跡がついている。六対の長く黒光りする翼を地獄の瘴気にさらしたその悪魔は、まだるーしーだと見てはっきりわかった。少女の裸身は、ぼくの知っている形そのままで――けれど陶器のようなその肌に、鱗状《うろこじょう》の紋様《もんよう》がうっすらと浮かび上がっている。

「るーしー！」

今度はレマが呼んだ。魔王はゆっくりと頭を持ち上げた。その瞳が、大きく見開かれ、ぼくらを捉え、それからかすかに湿り気を帯びる。

「そなた、ら……」

しゃがれた声が少女の唇から漏れた。

「……な、ぜ、ここにおる」

「訊きたいのはこっち！　なんで黙って出てくの、ばか！」

「ば、ばかはそっちじゃ！　見てわからぬのか、もう最終封印《ジュデッカ》も消えた、龍の身体が戻る！　ここにいたらそなたらも踏《ふ》み潰《つぶ》すぞ！」

「そんなことさせない」ぼくのすぐそばでレマが言う。「ね、だからエリちゃんの槍を、拒まないで。もう一度罪痕を書き込めば」

「できるならやっておる！」

るーしーは吐き捨てた。

「口でなんと言おうとっ、そなたらはいと高き者の子、るーは堕天使の長、敵どうしじゃ！

一万年の間そなたらを憎んできた、この身体がっ、龍の身体が、拒絶するのじゃ！　だから疾《と》く去《さ》れ！　るーに、るーにそなたらを殺させる気か！」

「ぐちゃぐちゃ言ってないで頼りなさいよ！」

エリがるーしーの言葉を遮った。

「家族でしょ、なにかあったら助けてって言えばいいじゃない！」

るーしーの顔が、涙でぐちゃぐちゃに歪んだ。投げ出した両脚の間の地面に手をついて、うつむき、吐き出す。

「……そなたらはっ……どうして、どうしてっ」

エリは一歩一歩、るーしーに近づいていく。レマが手を引き、ぼくらも歩き出す。なにも言えない。るーしーにかける言葉を、ひとつも思いつけない。だって——

暗天に向かって差し伸べられた蝙蝠の翼のまわりで、再び白い炎が揺らめく。

「離れよ！」魔王は顔を上げないまま叫んだ。「消えよ、金輪際《こんりんざい》近づくな！　るーのことなど捨て置け！　みなで地上で平和に暮らしておればよいではないか！」

「言われなくてもそうする！」エリが叫び返した。「るーしーも一緒に連れて帰るから！」

ぼくら三人が、るーしーのうずくまる石舞台《いしぶたい》に駆け上ったときだった。

不意に、ぼくらの周囲を不快な音が取り巻いた。甲高い摩擦音《まさつおん》のような——無数のざわめく声のような。

ぞわぞわと、地獄の汚れた空気から染み出てくるように、いくつもの黒い影がぼくらの視界を埋めていく。高まっているのは羽音だ。人の胴体ほどもある、毛むくじゃらの羽虫。ぎょろりとした赤や緑の複眼。

ぎっしりとぼくらを包囲する、蝿の群れ。

「——我らが王に触れるな、いと高き者の子」

凛とした若い男の声に、ぼくもエリもレマも同時に振り向いた。

うぞうぞと宙を漂う靄《もや》のような蝿の群れを割って、一人の男が石舞台に歩み寄ってくる。真っ黒なタキシードみたいな服を着て、額に真っ赤なバンダナと燃える二本の角、ライオンそっくりの尻尾《しっぽ》を垂《た》らした、あまりにファンキーなかっこうに、ぼくらはそろって絶句する。

「いつぞやのようにはいかぬぞ。ここは我らが国。うぬらの聖痕の力は半減、我らの魔力は当社比六割増」

しばらく、沈黙があった。赤バンダナ氏は、蝿の群れの真ん中でかっこよくポーズをきめてちらちらとこっちの反応をうかがっている。なんか、言わないとだめみたいだよ？

「……ええと。エリ、知り合い？」

エリは首を振る。

「あんなファッションセンスのない人は知らない」

「ベルゼブブだッ忘れたとは言わせぬッ！　我が軍勢を見れば一目でわかるであろうが！」

タキシード悪魔は憤慨して蝿の大群を腕振りで示す。

ああ——ベルゼブブか。あのときの。

「えっと、エリに一撃でやられた」

「あれは地上でおまけに腹が減っていたからだッ。真の姿を保《たも》てるここではそうはいかぬ！」

「蝿の姿で出てきてくれればすぐにわかったのに……そんな時代遅れのヴィジュアル系バンドのベーシストみたいな微妙な見た目でこられても」

「地獄の副王が毎回毎回あんな醜い見た目を晒《さら》せるかッ！　ただでさえこの話の男キャラはうぬのような腰抜けしかおらぬのだ、美形が一人くらいおらねば女性読者人気がとれぬッ」

大きなお世話だ。ていうかこんな下ネタばっかしの話を女の子が読むもんか。

「ええとそれでなんの用ですか？」

「知れたこと、我らが王の覚醒《かくせい》をお迎えつかまつった！　龍の身体に戻られるのであればなお好都合！」

「だめっ、るーしーは一緒にうちに帰るの！」

レマが、息も絶え絶えなるーしーの身体を抱きしめる。

「黙れ御子《みこ》の片割れ、その荊を解いて王を離せ！」

「やだっ」

「あんたたちこそうじゃうじゃ集まってないでどきなさい！」

エリも声を張り上げる。ベルゼブブはぞろりと真っ赤な牙を剥いて笑った。

「ふん、よかろう、龍の覚醒を促すために、地獄の合唱を聴かせてやるッ！　斉唱ッ『燃えよドラゴンズ！』（中日の応援歌）二十数種類あるぞッ全部歌うからなッ」

「やめてえええええええ」

蝿の羽音の大合唱にエリもレマも耳をふさいでうずくまる。なんという恐ろしい拷問。ぼくの足下で、るーしーの身体ががくがくと震え、翼がのたうち始める。

「やめてください！」歌に埋もれそうになりながらもぼくは声を張り上げた。「るーしーが苦しんでるから！　あんたらの王様でしょうが、やめろって！」

「黙れイスカリオテのユダ、そのまま目覚めた龍に焼き殺されて肉塊になるがよい！　うぬには晴らし尽《つ》くせぬ恨《うら》みがあるッ」

「恨まれる憶えなんてこれっぽっちも」

「天ぷらうどんだッ」

ふざけんな、こんなとこで食い物の恨みかよ！

「うぬの父親は、うぬの手料理を食わせるという契約で我らを呼び出したのだッ！　なのに、キムチの空き瓶に閉じこめられ、やっと出られたかと思えばうどんを食うひまもなく送り返された我らの無念がうぬにわかるのかッ」

……やばい、ちょっとわかる。あのクソ親父は何回死ねばみんな赦《ゆる》してくれるんだろう。

「うぬが天ぷらになるがよいッ」

「るーしー関係ねえじゃんかよ！　いいから歌やめろォッ！」

「レマ、荊冠開いて！」

傍らでエリの声が響き、金色の光が立ち上がった。次の瞬間、その後ろ姿は荊の壁の向こう側に飛び出していた。輝く髪が地獄の瘴気になぶられてはためき、手にした百卒長の槍《ロンギヌス》がきらめく。荊が再びぼくの目の前で閉じてエリの背中を隠す。

「ベルゼブブッ！　退かないなら滅してやるッ」

「愚かな、正面切って勝てると思うのか」

ベルゼブブの手の中に、どす黒い炎に包まれた大剣が現れた。槍の一突きをいとも簡単にはじき返すと、一振りでエリを岩に叩きつける。

「エリちゃんっ！」

地面に這《は》いつくばったレマが絶叫する。でも、彼女も荊を維持するので精一杯だ。まわりの蝿たちは高い壁のように重なって羽音を響かせながら歓呼し舞い踊り、るーしーの痛ましい鼓動が大地と大気を伝わってくる。

「悪魔なんかにッ」

エリが歯を食いしばって膝を握りしめ地面から身体を引きはがす。

「王の覚醒で我らの力が増していることもわからぬか！」

ベルゼブブが哄笑《こうしょう》する。槍の切っ先と大剣が何度もぶつかり合い、金と黒の火花が散った。

蝿の王がまったく本気を出していないのがぼくにもわかった。エリをなぶっている。地獄の瘴気にさらされた百卒長《ロンギヌス》の槍の輝きがみるみる鈍っていく。

黒の剣がエリのわき腹をえぐった。すんでのところで受けた槍の柄ごと叩き斬るほどの勢いで、エリの細身は吹き飛び、荊の壁に――まさにぼくの目の前に激突し、岩に転がる。

「エリッ、中に戻れって！」荊にしがみつき、棘《とげ》が手のひらを刺すのもかまわずに叫ぶ。

「ばか言わないで！」

槍を杖にして、エリはよろめきながら立ち上がる。

戻ったところで同じなのだ、それはわかってる。いつかレマの力が切れて荊冠が消えてしまう。この蝿どもを切り開かないと――るーしーを連れて。でも、荊の中でなんにもできずにエリの背中を見つめているだけのぼくは、内側から引き裂かれそうな思いを味わっていた。

ベルゼブブの嘲るような一撃を、エリは持ち上げた槍で受け止め、そのまま地面に叩き伏せられる。エリはもんどり打って岩盤の上に仰向けに倒れた。

「エリ――ッ」

「このままその女を喰らいながら、荊が溶けるのを見物してやる！」

ベルゼブブがぞろりと牙を剥いてみせ、エリに歩み寄る。やめろ。やめろ！　ぼくが荊を引きちぎろうとしたそのとき、背後で獣のうなり声が聞こえた。

背中にのしかかる重み。頬に触れる青黒い髪。首筋を探る牙の切っ先の感触。

「ユダ、うぬはそこで我らが王の食事になるがよい！」

ベルゼブブがあざ笑う。エリが苦しそうに身をよじる。手も、声も、届かない。肩に鈍い痛み。肉に食い込む歯。

ぼくに、ぼくに、力があれば――

あるだろ？

だれかが囁いた。

ぼくは顔を上げる。荊も、蝿も、エリの姿も、背中にのしかかっていた重みも、みんな消え去っていて、ただ焼けただれた地獄の大地が、ぬめるような赤と黒に沈んで広がっている。

ぼくはこの光景を知っている。懐かしいと思ったのは、既視感なんかじゃない。

かつて、ぼくは呪われ、汚され、喉に烙印《らくいん》を捺《お》され、この大地を与えられた。広漠《こうばく》としたこの赤と黒のすべてが、ぼくの指、ぼくの舌。

取り戻せる。今なら、すぐそこにあるから。

いや、でも。ほんとにそのやり方でいいの？

答えはない。

そのやり方、間違ってたらすごく恥ずかしいんですけど？

やっぱり答えはない。

ほんとに、戦える力なの？

なにも返ってこない。

なぜって、ぼく自身しかいないからだ。

だからぼくは、目を開く。


荊の蔦の黒い影でずたずたにされた視界に、うつぶせになったエリの背中。数万の蝿の不快なざわめきの中に、ベルゼブブのにちゃついた足音。

振り向く。まだらになった肌の中に埋もれそうな、るーしーのうつろな瞳が、かすかに動く。ぼくをみとめる。「……祐太？」というつぶやきが、聞こえる。

……ごめん。

心の中で、だれに謝ったのか、よくわからない。

もう、どうとでもなれ。

ぼくはるーしーの首に腕を回し、その顔を引き寄せた。重ねた唇は、張りついてしまいそうなほど冷たかった。触れ合わせた舌に、灰の味。

次の瞬間――

「……う、う、うぁあああああああああッ」

　ぼくは喉から絶叫をしぼり出して、小さな身体を投げ捨てていた。指が震える。爪が奇妙に黒ずんでいく。身体中《からだじゅう》にどす黒い血が駆けめぐるのがわかる。イスカリオテのユダ。喉の上に焼けつくような痛み。腕の中の小さな身体が、まるで溶けるように脱力する。総毛立ち、皮膚のあちこちからなにかが噴き出しそうな感覚。

　首を締めつける縄の感触が、蘇《よみがえ》る。ぼくを嘲《あざけ》り、罵《ののし》り、辱める、数億の声も。

　取り戻した。二千年の間呪われ続けていた、この身体を——

　ぼくは、取り戻した。

「ゆ、祐くん？」

　レマの泣き出しそうな声。ぼくはそちらを見られない。今、振り向いたら、レマの瞳にどんなおぞましいものが映るかわからない。だから、言葉だけを吐き出す。

「レマ、荊を開いて」

「で、でも」

「早く！」

　次の瞬間、ぼくは地獄の瘴気の中に吐き出されていた。周囲で蝿たちが恐怖にさんざめき、あのベルゼブブすらも、エリを縊《くび》ろうとしていた手を止めて、目を見開いてぼくをにらみ据えている。

　懐かしい、この荒れ果てたにおいと黒と赤の大地。

「……ユダ、か？」

「近寄るな」

ぼくの声は、地獄の瘴気の中に染み渡って響く。ベルゼブブは後ずさって剣を持ち上げた。

「使徒風情がッ」

「エリから離れろ！」

ぼくは倒れた聖少女の傍らに膝をつき、その傷だらけの身体を抱き上げた。蝿の王が剣を高く掲げて全軍に号を発した。嵐《あらし》のような羽音がぼくの頭上に崩れ落ちてくる。ぼくはエリの身体を胸に深く抱き込んだ。

ざわざわと、肺が灼《や》けるような力がこみ上げる。

「消え去るべき者は消え去れ！」

ぼくの喉から呪われた聖句《せいく》がほとばしった。

「残った者は互いの肉を喰《く》らい合え！」

羽音が数万の悲鳴に転じた。

地面についた手が、ぐずぐずに溶けた岩にめり込んで、骨の軋むような痛みを返す。血の中に両手を浸して、しばらく痛みに叫び出しそうになるのをこらえてから、まぶたを開く。

血溜まりだ。見渡す限りを覆い尽くした。赤と銀と錆《さび》の色にてらてらと炎の光を返す、血。

《血の土地《アケルダマ》》。

ぼくは喉にぼんやりとした熱を憶える。血の湖面に映った自分の顔。喉に刻まれた、三つのXの字が、くっきりと青く光っている。

ぼくの、罪痕。

「ユダァアアアアアアッ」

耳を引き裂くようなおぞましい声に、顔を上げる。

地獄の暗い紫の空を背に、万の蝿の影が爛《ただ》れて燃え、血の湖面に灰となって降り注いでいる。そのただ中に、ねじくれた巨大な塊が浮遊している。打ち振られて大気を揺らす羽は血に複雑な波紋を響かせている。

ベルゼブブの本体。

ぼくは無意識に、エリの身体をきつく抱き寄せた。胸のあたりで、頭がもぞもぞと動く。

「……祐太？」

エリがつぶやく。見られたくなかった。喉の烙印から血を流しながらこんな言葉を吐くところは、エリには見られたくなかった。でも、やらなくちゃいけない。

「――腐れ！」

ぼくは蝿の王に告げた。宙に浮いた大きな影の真下から、《血の土地《アケルダマ》》の赤黒い粘体が隆起してベルゼブブを呑み込む。うわあ。これは、我ながら、ちょっと、詳しく描写するのがはばかられる。

取り戻した、ぼくの力。

ベルゼブブの絶叫が、雨と注ぐ蝿たちの屍の音とともに血に溶けて完全に消えてしまうまで、ひどく時間がかかった。その間、ぼくは呆然と、腕の中のエリの体温を確かめる。

やがて、静寂がやってくる。

大地がゆっくりと熱を失っていく。

まるで、死にゆく巨大な心臓の上に、うずくまっているみたいだった。

なにか、とんでもないことをしてしまった――気がする。

ユダの記憶。ユダの力。

こんなに、おぞましくて、すさまじいものだったなんて。

地獄でよかった。ぼくがそのとき考えていたのは、そんな間抜けなことだ。これ、地上でうっかり使ったらたいへんなことになる。

こんなものを、蘇らせようとしてたのか。どいつもこいつも。

あと、ベルゼブブには、なんか悪いことをした気もする……。考えてみればあいつにはあんまり罪がない。いや、エリを殴ったっけ。やっぱり死んでいい。赦せない。

色んなくだらないことを考えているうちに、気が遠くなりかける。全身がけだるくなってきた。喉の傷からどくどくと血があふれて胸を伝い落ちるのがわかる。寒気もしてくる。ひどい能力だ。もう絶対使わない。

「……祐太……ほんとに……」

エリがなにを訊いたのか、よくわからない。ただ、その指先は優しくぼくの喉をぬぐった。

全身から力が抜けていく。さっきまでぼくを突き動かしていた真っ黒な血が、地面に流れ出ていくみたいだ。いや、ほんとに流れ出ているのだ。視界がちかちかし始める。

やばい、倒れそう。

でも、まだ、気を失うわけにはいかない。

不意に、呼吸がいくぶん楽になる。血の泡立つ音や、炎が爆ぜる音が遠ざかる。

「祐くん、祐くんっ」

ぼくの胸に回された腕。背中に押しつけられたぬくもり。レマの声。ふと顔を上げると、ぼくらを再び取り巻いている荊の壁。

ぼくの膝は砕けて、岩の上に崩れ落ちそうになり、地面に手をついて、なんとか倒れるのをこらえた。でも、肘が力を失って折れる。

ここで倒れていいのかな。考えてみればぼく、なんにもしていない。……いや、まだだめだってば。るーしーが。るーしーの身体が。

「……エリ」

かすれた声で、呼びかける。髪も顔も血で汚れた聖少女は、ぼくの胸にしがみついてやっとのことで身を起こす。

「……手、貸して、槍こっちに持ってきて。レマ、るーしーの身体——支えてて」

「祐くんっ、止血しなきゃっ」

「るーしーが先」

エリは無言で、ぼくの胸にぐったりと頭をもたせかけて、それでも槍を持ち上げた。

レマの膝《ひざ》の上に、ぐったりとうつぶせになった魔王の小さな裸体。その肌から、鱗の紋様が消えかけている。たぶん、ぼくがユダの本体を引き抜いたからだ。

今なら——

エリの腕は震えていた。ぼくはその手に手を重ねて、槍の穂先に指を添え、黒い肌の上に、自分の——かつて失われた名前を刻む。"Judecca"。

でも、そこが限界だった。槍からぼくの手が離れる。支えていたはずのエリが、いつの間にか逆にぼくの身体を支えてくれている。

ぼくは血みどろの眠りに身を委ねた。

8　復活祭

目を覚ましたときは、ごく普通の朝だった。

明るい天井。いつもの、自宅の寝室だ。ずきずき痛む身体の節々。身体はえらく重たい。とくに肩が全然動かない。がんばって両腕を目の前に持ち上げようとすると、金色と銀色の髪が視界に入ってくる。びっくりして左右を見ると――首もひねるたびに痛んだけど――なぜかエリとレマがそれぞれぼくの肩に頭を乗っけて眠っていた。

動けない。いや、こう、少しずつ少しずつ、身体を下の方にずらしていけば。なんか腹も重くてうまく移動できないけど。よし。うまくいった。姉妹の頭は、それぞれぼくの肩から枕の上に軟着陸。目を覚まさない。

起き上がろうとして、身体が重いのは筋肉痛のせいだけじゃないと気づく。腹にちっこい女の子がうつぶせに乗っかっていたのだ。おい、ふざけんな。どうりで寝苦しいわけだよ。

……って。

「――るーしーっ？」

思わず素っ頓狂な声が出てしまった。るーしーの頭がもぞもぞ動き、持ち上がる。寝ぼけ眼をぐしぐし手の甲《こう》でこすると、また寝そうになる。

と思ったら、るーしーは「むぉっ？」とか言いながら髪を跳ね上げて起きた。

目を合わせたまま、しばらく固まる魔王とぼく。

「……ええと」

なんだこれ全部夢オチか？　とまで思ってしまう。

でも、そうでないことがわかる。呆然とするるーしーの首には――四重円の罪痕《ざいこん》が、再び刻まれている。少し歪んだラインで。その最内円の〝Judecca〟は、たしかに、ぼくの筆跡だ。

ぼくはあわてて自分の喉仏《のどぼとけ》のあたりを探った。指先に、傷痕《きずあと》の感触。

夢じゃ、なかった。でも。

るーしーが、いる。ぼくの黒Tシャツを着ていて、だから、その背には翼もなにもない。出逢ったときと同じ、小さな女の子の姿で。

我に返ったのか、るーしーはぼくの腹の上でわたわたと方向転換して、ベッドから下りようとしてずっこけた。

「なにしてんの……」

「か、身体がっ、うまく動かぬ」

そりゃあ昨日の今日だもんな……え、いや、ほんとに昨日なのか？　どのくらい寝ていたのかわからない。着ている服をあらためてみると、記憶にあるのとちがう。血塗《ちまみ》れでびりびりだったから、だれかが着替えさせてくれたんだろうか。

るーしーも同じように、自分の身体をあちこちぺたぺた触って確かめている。短い手足に、背中、顔。

「……大丈夫。元通りだよ」

まだ信じられないといった顔をしているるーしーに、ぼくは言ってやる。するとこっちを向いたるーしーの顔が、みるみる赤くなる。うわ。赤面してるところははじめて見た。こんな顔もするのかこいつ、っていうか、なにを恥ずかしがってるの？

るーしーはカーペットの上を四《よ》つん這《ば》いで寝室のドアに走った。なんで逃げるんだ。

「ちょっと待ってるーしー」

その後ろ姿がドアの外に消えたとたん、「ふゃっ」という声が廊下《ろうか》から聞こえた。

身体中《からだじゅう》の筋肉痛に顔をしかめながら部屋を出ると、るーしーを抱き上げてしっかりつかまえているエプロン姿のガブリエルさんと遭遇《そうぐう》した。先に起きて、どうやら食事の支度《したく》をしていたみたいだ。

「また逃げようっていうんですかルシフェルさま、だめですよー」

「は、離せ！　離さぬか！」

ガブリエルさんの腕の中でばたばた暴れるるーしー。

「えっと……なんか逃げなきゃいけない理由でもあるの？」

訊いてみると、るーしーの手足の動きはばたっと止まった。

「……そ、そなたっ、るーがなにをしたか憶《おぼ》えておらぬのかっ」

小さな女の子に戻ってしまった魔王は、目に涙を浮かべて言う。

「なに、って……ええと」

ぼくの記憶もちょっと怪しかったけれど。

るーしーの封印が解けそうになって。黙って地獄に逃げて。エリとレマが追いかけて、ぼくも勝手についていって――

連れ戻した。それだけ、だよね？

「それだけではないっ」

顔を真っ赤にしてるーしーはわめく。

「るーは、龍になりかけた！　ベルゼブブも呼び寄せた！　そ、そなたらをっ、殺しかけたのじゃぞ！　み、みんなっ、みんな憶えておる！」

ああ。そういう――ことか。

みんな、憶えているのか。そりゃそうだ。

「も、もうこの家にはいられぬ。るーは出ていく。そ、そなたらには世話になった。生涯忘れぬ。でもるーのことは忘れよ――って、ガブリエル！　真面目《まじめ》な話をしておるのじゃ、耳をはむはむするな！」

「いえ、泣きそうになっているルシフェルさまがあまりに可愛くて……」

るーしーは手足をつっぱってガブリエルの腕をふりほどくと、廊下の床にどしんと尻餅をついた。そのまま壁に向かって膝を抱えてしまう。

「もうよい。そなたらもわかっておろう。るーは邪悪と厄災《やくさい》の王じゃ。どれだけ可愛くても永遠に呪われた魔物であることには変わらぬ」

「自分で可愛いって言っちゃうのはガブリエルさんの教育ですか？」

「あらあ、私はむしろルシフェルさまの真似してるの」

「真面目な話をしておるのじゃーっ」

るーしーは壁をばんばん叩いて憤慨《ふんがい》した。

「またいつああなるかわからぬ！　い、一緒にいたらっ、また巻き込む。もう、もうそんなのはいやじゃ」

ぼくとガブリエルさんは、顔を見合わせた。あなたがなんとかしなさいな家長なんだから、と大天使の雄弁《ゆうべん》な目が語る。

ぼくはるーしーの隣にしゃがみ込んだ。魔王はぼくの気配からぷいっと顔をそむける。

「ここに住んでてもいいんだよって、前に言ったのに」

「……あ、あのときはまだっ、龍《りゅう》の身体に戻ってしまうとは思っていなかったじゃろ」

まあ、そうなんだけど。

でも、るーしーの――サタンの体内にあった、ユダの身体は、あのときぼくが引き抜いた。

って、おい。今さら思い出した。ぼく……キス、しちゃいましたよ？　あれはけっしてやましい意図があったわけではなく人工呼吸的なもので、なんて言い訳が児ポ法的に通用しなさそうなくらいディープなやつ。しかたなかったとはいえ、ど、どうしよう。落ち着け。きっとるーしーは憶えてないぞ。よし。憶えてないなら、ノーカウントだ。あれはただ、ユダの身体を取り戻しただけ。必要措置《そち》。

もし、るーしーが天使の身体に戻れない原因があれだったのだとしたら……

もう、大丈夫なんじゃないのか。

それは口にできなかった。確信はなかったし、説明するとなるとキスの話を持ち出さなきゃいけなくなるし。

それにこの意地っ張りは、そんなことじゃ納得しないような気がしたのだ。

それで、ふと言ってみる。

「大丈夫だよ。だって、ぼくの《血の土地《アケルダマ》》でなんとかなったじゃないか。罪痕《ざいこん》使えるようになったら楽勝だったよ。地獄の副王も手下も大したことないよね。るーしーだって、エリが罪痕刻んだらすぐおとなしくなったし」

「な、な、な、なんじゃとっ」

るーしーはぴょこんと飛び跳ねてこっちを向いた。

「あ、あれはっ、完全体ではなかったからじゃ！　いと高き者の軍勢と互角に戦った我ら万魔《ばんま》軍が、そなたのような鈍い人間風情にっ、お、おのれ」

「でも、手も足も出ずに溶かされてたよ？」

ぼくは笑いをこらえながら追い打ちをかける。

「見ておれ！　熾天使《してんし》の身体を取り戻した暁《あかつき》には、そなたなどっ、全軍呼び寄せて叩きのめしてミンチにしてミートボールにしてサッカーボールにしてやるっ」

意味がよくわからんので、ぼくはるーしーの頭をなでた。

「うん。じゃあ、早く大きくなるように、小魚《こざかな》とか牛乳とかいっぱい食べないと」

「ばかもの、子供扱いするなっ。それにるーは魚がきらいじゃ。毎晩小魚など出したら泣くからな！　今日の夕食も――」

途中でるーしーは、自分がなにを言っているのか気づいたらしく、「あ、あ、あ」と口ごもる。

その顔がまたみるみる赤く染まる。

「今日の夕食も、ここで食べていいんだよ？　るーしーの家なんだから」

これはちょっと意地が悪すぎる追撃だったかもしれない。るーしーは真っ赤な顔のまま、ついに黙ってぼくの脚をぽかぽか殴り始めた。全然痛くないけど。

ガブリエルさんがるーしーの頭をよしよしとなでて、ぼくから引きはがしてくれる。

「ルシフェルさま。家族の間で、いちばんの罪はなんだかわかりますか？　苦労をかけることでも、迷惑をかけることでもないんです」

るーしーはべそをかいた顔のままガブリエルさんをじっと見つめ、やがて首を振った。

「いちばんの罪は、心配をかけることです」

しばらく、小さな魔王は無言でうつむいて、裸足《はだし》のつま先をもじもじと動かしていた。でもやがて、ガブリエルさんの腕に鼻先を押しつけて、「……すまぬ」とかすかにつぶやいた。ガブリエルさんはその頭をそっと引き寄せてぽんぽんと叩く。

「ちなみに二番目の罪はミルクをかけることです。夫婦ならいいけどね」

「そこで下品に落とすなよ台無しじゃねえか！」せっかくいいこと言ってたのに！

「牛乳がなぜ下品なのじゃ？」

「そうよゆんゆん。どうしてそうミルクに過剰反応するの？　あ、やだ、もしかしてやらしいこと考えてたんだ」

るーしーのつぶらな瞳と、ガブリエルさんのにまにま笑いに挟まれて、ぼくは頭を抱えて悶《もん》絶《ぜつ》した。ちくしょうはめられた。このセクハラ天使め。

「ほらほら、なにが下品なのか、小さいルシフェルさまにもわかるように詳しく説明してくれないかなー」

ぼくはガブリエルさんを突き飛ばすと、寝室に駆け込んでドアを閉め、ふうと息をついた。

あの女、油断ならねえ。今度はぜったいに引っかからないからな。

と——

こっちをじっと見ている、四つの青い瞳に気づく。朝の光を柔らかに返す金銀の髪。そろいの柄の黄色と青のパジャマ。

「え、ええと、起きてたんだ、おはよ」

「廊下がうるさいから目が覚めた……」ごめんエリ。

「祐くん、身体大丈夫なの？　どこか痛かったりしない？」

レマがシーツの上を這って、近寄ってきた。ぼくの腕を引っぱって、ベッドに転がす。

「わ」

仰向けになったぼくの腕や肩や顔を、レマはぺたぺたと触って確かめる。

「……毒、残ってない？　だって、瘴気《しょうき》の中にあれだけ長いことといたのに」

「うん。……平気」

地獄の瘴気は、もうぼくにはなんの毒にもならないだろう。

だって、あの大地のすべては、ぼくのものなのだ。《血の土地《アケルダマ》》。

ぼくの肩に額を押しつけて、レマはほうっと熱い息を吐き、つぶやく。

「……よかった。祐くん……もう、あんな無茶してほしくない」

「ごめん……」

レマ、そうやられてると起き上がれないんだけど。すると、今度はエリもおんなじようにシーツの上を這ってくる。ぼくの顔を上から真顔でのぞき込む。

喉に、エリの冷たい指が触れた。「ひゃぅ」と変な声が漏れてしまう。《XXX》の罪痕の上を、指先が何度もなでる。

「……な、なに？」

「首つり、だったの？」

いきなり真上からそう訊かれて、ぼくはしばらく言葉に詰まる。レマも顔を上げて、双子はそろってぼくの唇を見つめて答えを待つ。

ぼくは、ゆっくりうなずいた。

「思い出したんだ」

レマが顔をぱあっと輝かせ、ぼくの手を取って握《にぎ》りしめ、ぶんぶん上下に振る。

「祐くん、わたしたちのこと、思い出したんだっ」

エリまで、その顔に少し期待の色を浮かべるのを見て、ぼくは心底申し訳なくなるのだけれど、でも正直に言わないわけにはいかない。

「あの、ね。思い出したのは、ユダが死んだときのことくらいなんだ」

首に食い込む縄の感触。それから、罪痕のこと。

あとはなにも、思い出せなかった。

考えてみれば、この二人が受け継いだ神の子の記憶も、死の直前だけだった。生まれ変わりでもなんでもない、ぼくらは変な能力とわずかな痛みの断片だけを押しつけられて生きてるだけじゃないか。

エリが肩を落とす。

「それだけ、なの？」

なんだか上目遣いがえらく気弱そうなんだけど。エリが気にしてるのって、やっぱりあのことなのかな。いつかレマが言っていた、ユダの記録の食い違い。

言ったらものすごく怒られそうな気もするけど、でも、ぼくのよく知らない理由で大事なことだったら困るし……。

かなり迷ってから、ぼくはエリに言った。

「うん。えー、と、あの、……キスしたかどうかは、……憶えてない」

ぼふん、と音が聞こえそうなくらい一瞬にして、エリの顔は真っ赤になった。唇がわななく。

「──な、な、なにッ？　な、なんでそれッ、お、憶えてない？　おかしいじゃない、憶えてないならそもそも、その話知ってるってどういうことッ？」

「ごめんエリちゃん、わたしが祐くんに教えた」

「レマのばかーっ」

エリは枕を振りかぶった。かなり本気の勢いだったので、ぼくはあわててレマの頭を腹の下に押し込んでかばう。さんざんぼくの背中を打《う》ち据《す》えた後で、エリは今度はわき腹に手をやって聖句《せいく》を口走りだすものだから、泡を食ってその腕に飛びついた。

「槍《やり》はやめろって死んじゃう!」

「離して――きゃあっ」

ぼくとエリはもみ合ってベッドの上に倒れた。かろうじて腕をつっぱってこらえたけど、すぐ下にエリの顔があって、唇が鼻先に触れそうになり、「ご、ごめ」謝ろうとしたら腹に膝蹴《ひざげ》りを入れられた上に突き飛ばされた。

「ちがうっ、ちがうのっ」

エリはベッドの端まで後ずさっていって、ぶんぶん手を振りながら言った。

「神父さまが言ってただけだもん! わたしはそんなの気にしてない!」

「神父さまが……って?」

痛む腹をさすりながらもぼくは訊ねる。

「ユダがっ、キ……ス、してたかどうかで、聖書の中でも食い違ってるからっ」

エリの顔はもう、氷を乗せたら一瞬でお湯になりそうなくらい真っ赤に火照っている。

「それじゃいけないからっ、聖書は間違ってちゃだめだから、生まれ変わりに、……スしてもらえ、って」

ぼくは唖然とする。そんな馬鹿な話があるのか。つまり、こういうこと?

エリの持つ御子《みこ》の記憶では、ユダからの接吻《せっぷん》は受けていない。それは、マタイ福音書の記述に反する。聖書は絶対に正しくなくちゃいけないから――

生まれ変わったユダに、キスされてこい、と。

それで、エリもレマも、ぼくの記憶を気にしてたのか。ぼくが、ほんとうにキスしたのかどうか。そのために──ぼくのところに、やってきたの？

もう、どういう反応していいのかわからない。混乱した頭で、いちばん馬鹿な応答をした。

「え、と……じゃ、じゃあ、キ……ス、すればいいのかな」

顔面になにかが直撃した。仰向けに倒れるとき、それがエリの枕フルスイングだと気づく。

「ばか！　知らないっ」

エリはぼくの下腹に追い打ちで枕を投げつけると、ベッドを飛び降りて寝室を出ていってしまった。

視界でくるくる回る星を数えながらぐったりしていると、レマがのそのそ寄ってきて真上から顔をのぞき込む。

「祐くん、もっとムードを大切にした方がいいと思う」

「ごめん」

なんで謝ってるんだ、ぼく。

「わたしで練習する？」

「レマはもっと自分を大切にした方がいいと思う！」

　ぼくはがばっと起き上がってレマの両肩に手を置いた。

「いくら神父さんに言われたことだからってさ、そんなの律儀《りちぎ》に守るのはどうかとっ」

「神父さまはあんまり関係ないの。わたしは、祐くんなら、……いいよ？」

　ぼくはどきっとして、思わずレマの唇を見つめてしまう。いやいやいやいや、なに言ってるんですかレマさん。

「だいたいなんなんだよその神父さん、ほんとにそんなこと言ってたの？」

「うん。聖書は間違ってちゃいけないんだって」

　とんだ原理主義者《ファンダメンタリスト》だ。しかも聖書の登場人物が生まれ変わってんのをいいことに、現実の方を修正しようとか、どんだけ――

「……あ」

　ぼくの手が、レマの膝の上にぱたっと落ちた。

「……祐くん？」

　レマが不思議そうに見上げてくる。

　ぼくの頭の中で、不意に――ここ数週間の様々なできごとが、つながっていく。財団。エリとレマ。送りつけられたサタン。その中心にあるのは――

　ユダの記憶。

　そういう、ことなのか？　いや、でも。

自分の頭に浮かんだ、そのあまりにぶっ飛んだ考えに、ぼくはしばらく呆けていて身動きもできなかった。すべてのつじつまは、これで合うのだけれど。

「祐くん、どうしたの」

レマがぼくの胸をつっついたので、我に返った。

「ごめん、考えごとしてた。あの、訊きたいことがあるんだけど」

「ムードの作り方?」

「ちがうよ!」その話題から離れようよ、お願いだから!「そうじゃなくて、あのさ」

どうしてこれを今まで訊こうとも思わなかったんだろう、と、そのときぼくは自分を責めた。だって、たぶん——

すべての答えのはずなのに。

「——神父さんって、なんて名前?」

＊

三月終わりの金曜日は、よく晴れていた。

学園の敷地の半分くらいを埋めている、遠慮がちな枝振りの落葉樹ばかりの林は、そろそろ春の陽気が近づいてきたというのにまだ芽吹《めぶ》きもそこそこで、その下を流れる石畳《いしだたみ》の歩道は寒々しい。制服姿の女生徒に混じって、正装した一般信徒が大聖堂へと向かう姿が目立つ。

空には、かすかなオルガンの音。

聖金曜日《せいきんようび》。復活祭の二日前で、主《しゅ》の受難《じゅなん》の日。うちの学校の大聖堂は非常に立派で、大きな祭事がある日は、なんと県外からも信徒が大勢やってくるのだという。

エリとレマは、大聖堂の裏口でぼくといったん別れることになった。

「それじゃリハーサル行ってくるね」とレマ。

「ほんとに聴きに来るの？」

エリはちょっと恥ずかしそう。典礼《てんれい》にて演奏するマタイ受難曲で、二人はソロパートを受け持つことになっているのだ。二人とも、学園の制服の上に聖歌隊のきれいなショールを羽織《はお》っていて、そのまま空から降りてきたらぼくでも信仰心が芽生えてしまいそう。ソロを歌うときはさぞかし見栄えがするだろう。ちょっと楽しみ。

「それじゃまた後で。終わったら迎えに行く」

「大丈夫なの、ひとりになって。だって――」

心配そうに眉をひそめるエリの言葉を、ぼくは遮った。

「大丈夫だよ。ガブリエルさんにも協力してもらったし、それに、ずっとエリにくっついててもらうわけにはいかないし」

二人の姿が大聖堂の裏口に消えるのを見届けた後で、ぼくは歩き出す。演奏始まるまで、どこで時間を潰そうかな。典礼に最初から列席するのもめんどいし。

建物の陰になった壁際を、正面大扉の方へと歩く。いやになるくらいでかい建物だ。

るーしーの事件から、二週間と少し。我が家は、ようやく落ち着いてきた。ガブリエルさんもぼくらもちゃんと学校に通えるようになったし、るーしーは冷蔵庫の中身を勝手に貪《むさぼ》らずにおとなしく留守番していることを憶えたし、財団はめっきり嫌がらせをしてこなくなったし。

でもそれはたぶん、猶予《ゆうよ》期間。今日までの。

わざわざ人気のない、暗い場所を選んで歩いたのは、なにか予感があったからかもしれない。木立が密集して、ちょうど人通りのある歩道からの視界が遮《さえぎ》られるあたりで、いきなり背後にだれかの気配が現れた。ぼくはぞくりとして立ち止まる。覚悟はしていたけれど、だれもいなかったはずなのに。

背中にぐりっと押しつけられた、なにかの硬い先端の感触。

「はいストップ。はいはい手も動かすな」

軽薄そうな、若い男の声だった。ぼくはこっそり深呼吸する。大丈夫、大丈夫だ。

殺しに来ることは、わかってたんだから。

「イスカリオテのユダだな？　さて、どっちで死んだか思い出した？」

一応訊くのか、とぼくは不思議に思う。

「調べてなかったんですか？」

姿も見ないままぼくは背中越しに訊いてみた。

「ん？　いや、一応本人に確認しとこうと思って。ていうかなんだよ、全然驚いてないのな。もっとこう、『だれだッ』とか言って振り向いた瞬間に額を撃ち抜かれるとかそういう間抜けな死に様やってほしかった」

「頭撃ち抜かれる死に方じゃ、だめでしょうが」

「あ、そうか……ああ、俺が来ることは、予期してたんだ？　その言い方だと」

「ええ、まあ」

言いながら、ポケットの中の右手のひらを指でまさぐる。

「だから動くなって言ってるだろ。俺の聖痕《せいこん》《有頂天《エムピレオ》》は拳銃《けんじゅう》型だし、最強だから、おまえの《血の土地《アケルダマ》》じゃ防げないぞ。まわりの木が枯れるだけだからやめときなさい」

それは、やってみないとわからないよ？

「それじゃお祈《いの》りは済ませた？　いや、おまえには祈る相手がいなかったっけ。最後に一瞬だけ赦《ゆる》してやってもいいぜ。アーメン」

ぼくが振り向くのと、銃口が火を噴くのは同時だった。衝撃はまったくなかった。

ぼくの背後に立っていたその男は、真っ黒な服を着ていた。両肩にだぶっとしたストールをかけて、左右に一つずつ十字架を吊している――ちょっとパンクすぎるけど、神父の服だ。柔らかそうなプラチナ・ブロンド。少年の表情さえ残る年齢不詳の端正な顔は、驚きで少し歪んでいる。その手に握りしめた銃には、紫色の硝煙《しょうえん》がからみついている。

「……な、んで」

神父さんがうめいた。

「なんでおまえが荊冠《けいかん》をっ」

銃弾が、ぼくの胸からぽとりと落ちて足下に転がった。ぼくの身体どころか、制服にも傷ひとつついていなかった。なぜなら、ぼくの胸には何重にも、荊《いばら》が巻きついていたからだ。

レマの聖痕の、絶対防壁。

「ほら、これです。何発撃っても無駄ですよ」

ぼくはちょっと得意になりながら、右手を見せた。手のひらの真ん中には、ペンで大きな丸が書いてある。

「……な、なにそれ？　……あ、いや、ガブリエルかッ」

神父さんにもわかったみたいだ。そう、ガブリエルさんの油性ペンによる即席聖痕だ。あれでぼくは一時的に、レマの荊冠をコピーしたのだ。

「え、いや、ちょっと待て、それ二日くらいしか保たないだろ、なんで俺が今日来るって知ってたんだ。だれにも言ってないぞ？」

なんかこの人、ラスボスのわりには可愛くうろたえるなあ、とぼくは微笑《ほほえ》ましく思いつつ、一方ではこんな軽そうなやつのせいで、と忌々しく思う気持ちもあった。

でも、説明してやる。

「確信があったわけじゃないですけど、たぶん今日じゃないかなって。だって、聖金曜日ですから。知ってますよね？　聖金曜日は、一年のうちで唯一、カトリック教会におけるミサが行われない日なんです。要するに、あなたがいちばん、いちばんヒマな日ですよ」

「あ……」

神父さんのあごが、がくんと落ちる。

「もっと早くに、あなたが何者なのか考えとくんでした。最初にちょっとおかしいなと思ったのは、るーしーを送ってきた宅配便です」

「え、え？　俺、なにかミスった？　って、わあああ、言っちゃった！」

おいおい。語るに落ちまくりじゃねえか。ぼくは思わず額《ひたい》を押さえる。

「ええと、先に本人にばらされちゃった……あれ、送ってきたのは、親父《おやじ》じゃなくてあなたですよね？」

「な、なんでわかったの、かなっ？　ちゃんと古本屋でサイン本買ってきて、筆跡も思考回路も真似《まね》て手紙捏造《ねつぞう》したのに！」

たしかに思考回路は完璧《かんぺき》なトレスだったけど、もうちょっと他のことに熱意使おうよ……なんか口調もどんどん可愛くなってるし。

「だって、送り主の名前が『石狩邦男』だったじゃないですか。あれ、ペンネームですよ。本名はちがうんです。親父がぼく宛にペンネームで送るわけがない」

「うそっ。そ、そんなの知らなかったよ！　著者紹介に書いとけよ！」

おまえももっとしっかり調べろよ。

「ていうかこの話のタイトル見なさいよ。『さくらファミリア！』ってちゃんと書いてあるじゃないですか。ぼくの苗字《みようじ》は『佐倉《さくら》』です」

神様は青ざめる。

「そっ、そんなせこい叙述《じよじゆつ》トリック仕込むなよ！　卑怯者《ひきようもの》！」

まあ、ガブリエルさんもレマも勘違いしてたけどね。

「あと、そもそもるーしーが言ってました。地獄の中枢から魔王を引きずり出すなんて、一介《いつかい》の魔術師にはできない、って。たしかに、その通りですよね。あんなことができるのは」

「そう。俺しかいない。最強を誇る俺にしかできないな」

神父さんはいきなり銃の先でふっと髪をかき上げてかっこつけた。なんなのこの人。頭大丈夫か。いや、頭が大丈夫じゃないのは、もうわかってたっけ。

「要するにあなたは、イスカリオテのユダの記憶をぼくにどうにかして取り戻させたかった。それで、サタンを送りつけたわけですね。しかも、三十銀貨財団と協力してますね？　たいへん迷惑しました。もうかんべんしてください」

「ばれちゃあしょうがねえなあ」

「もうちょっと口調を統一してくれないかな、喋《しゃべ》りづらいから……」

「でも、もうおまえは記憶を取り戻したわけだ。ユダが首つりで死んだと、『使徒言行録《しとげんこうろく》』の記述が間違いだと、わかったわけだ！　なんか色々知ったような口をきいてるけど、ほとんど俺の勝ちじゃん！」

「殺せてないじゃん」

「ああああああああそうだった……」

神父さんは顔を手で覆ってがっくりとしゃがみ込んだ。反応がいちいち疲れる。

「いまいちそこだけ信じられないんですけど、ほんとにそれが目的だったんですか？　聖書の記述が矛盾しているから——それを正すために、イ、い、い、い、い、い、い、い、い、い、い、いスカリオテのユダをもう一度生まれ変わらせて、もう一度使徒言行録の通りに死なせるのが、あなたの目的だったんですか？」

「わかってンならいちいち説明すんなよ鈍感！」

「逆ギレかよこの人殺し！」

「あーそうですよ！　聖書は正しくないとだめなの！　だって、矛盾があるとかそういう疑わしい噂が広まっちゃったら、売り上げが減るだろ！」

ぼくはさすがに、唖然《あぜん》とした。

「売り上げ減ってんだよ、全世界的に！　なんか最近研究が進んじゃって、史実とちがうとか解釈に問題があるとか読みづらいとか重いとか文句がいっぱい出てきてさ！　わかる？　だから売り上げ回復のために、そういうね、矛盾点は解消していかなきゃ」

「な……う、売り上げ？　金の問題だったのかよッ？　だいたい聖書の売り上げがなんの関係があるんですかッ」

「あるにきまってるだろ、俺の名前言ってみろ」

ぼくは半分麻痺《まひ》した頭で、それでも、一瞬だけ自分の記憶を疑ってしまう。

レマに教えてもらった、神父さんの、名前。

母音のない神聖四文字に秘《ひ》され――

モーセの第三誡《だいさんかい》で、みだりに口にすることなかれ、と禁じられ――

昔いまし、今いまし、後来たりたもう――

「……神様」

「そう！　聖書の印税は俺にも入るの！　俺、神なんだから当然！　売り上げ減は死活問題なわけですよ、財団にたっぷり借金してるんだから！　それで財団と返済計画の相談して、今回の仕掛けを考えたのに、ユダくんはどうしておとなしく殺されてくれないかなあああ」

神様は悔し涙に濡れて地面を叩く。ぼくはもう、絶句するしかない。

でも、神様なのだ。こいつが。

だって、エリとレマの――聖少女の父親役で、大天使ガブリエルをシスターとして使い、サタンをこともなげに地獄から引っぱり出して箱詰めにして送りつけてくる、そんなやつは、この広い広い世界に、たった一人しかいない。

「もっと大事な理由かと思ってた……」

「金は大事だよッ」

「命は金じゃ買えないんですよ？」

「命売って金が手に入るならべつにどうでもいいけど。あと、俺の命じゃないし」

うわあ。とんでもねえこと言いやがった、こいつ。神様なのに。神様なのに！

「うう、失敗した……今年はヒマな日が今日しかないのに、財団は一年も返済待ってくれるかな、くれないだろうなあ、また世界中の教会の讃美歌《さんびか》にサブリミナルで金返せコール混ぜたりとかそういう嫌がらせしてくるんだぜ、もういやだよお……」

地味にいやな仕打ちだな……さすが三十銀貨財団。

「あのう、神父さん？」

「神父《ファーザー》って呼ぶな！　おまえの父親になった憶えはありません！　な、そ、それともまさかてめえエリとレマにもう手を出して孕《はら》ませて婚姻届《こんいんとどけ》に当人同士のハンコは捺してあって俺の了承待ちとかじゃねえだろうな認めないよお父さんは認めないからね！」

「少し落ち着けよ」ぼくは荊を伸ばして神様の頭を引っぱたいた。「あのですね、あなた全知全能の神ですよね？　そもそもなんで借金に苦しんでんの？　ぼくを殺すなんて、そんなこといちいちしなくたって、ぱぱっと財団ごと消しちゃってくれればいいのに」

そしたらぼくも楽なのに。ところが、ふてくされて地べたに座り込んだ神様は、目をすがめてぼくをにらんだ。

「あのさ、いきなりだけど、おまえ将棋《しょうぎ》やる？」

「……え？」

ほんとにいきなりだな。なんなんだよ。

「ルールくらいは、知ってますけど」

「うん。あのな、将棋ってのは二人《ふたり》零和《れいわ》有限《ゆうげん》確定《かくてい》完全《かんぜん》情報《じょうほう》ゲームちゅうもんに分類されてだな、詳しい説明は省くけど、必勝法が存在するんだ」

「はあ」なんの話？

「でも、だれも必勝法なんて使ってないだろ。そんなもん使えたら将棋終わっちゃうからな。どうしてだと思う？」

「いや……」真剣になんの話かさっぱりわからないまま、ぼくは答える。「だ、だって、それって指し手を全部先読みするってことでしょ。多すぎて、手間がかかり過ぎて、コンピュータだってそんなことはできませんよ」

「そう。全知全能っていうのは、それだ」

ぼくはあんぐりと口を開けた。

「言ってることわかるだろ？　がんばってうんうん考えていっぱい調べて手間かければ、俺にはなんでもわかる。神だから。がんばってうんうん努力して手間かければ、俺にはなんでもできる。神だから。でもめんどくせえの」

もうだめだ、今日一日であきれることが多すぎて、明日から足腰立たなくなるかもしれない。めんどくさいって、それ、神様が言っていいせりふかよ？

「たまにこう言うやついるだろ、『神様が全知全能なら、どうして悪い人がほっておかれたり、かわいそうな人が救われてなかったりするの？』はい答えはめんどくさいからです！　俺もたまには懲らしめたり救ったりしてんのに、どうしておまえらはなんでもかんでも俺がやってくれると思い込むかね！　しかしこれを正直に答えてしまうと、また聖書の売り上げが減るので、大人な俺は黙っているというわけ」

「ここで言っちゃうと出版されますけど」

「うううううそうだった……オフレコにできない？」

「自業自得だろうが。あきらめろ」

「ええい。ここで主人公死ねばこの原稿ボツだろ」すごいこと言い出したよこの人。「いいか、結論として、こういうことだ。おまえを殺して聖書の売り上げを増やすのが、いちばん楽な返済方法なの。なんでおまえを殺さない方法をわざわざ考えなきゃいけないの？」

そうか。まあそうか。そうだよなあ。納得できすぎて、笑えてしまう。

「だからその荊冠、外してくれないかな？　大丈夫、痛くしないから」

ふざけんな。というか、なんで荊冠で防げるのかわかんないのだけれど……。

「神様でしょ？　神様の聖痕なんだから最強なんでしょ、その銃」

「だって最強の防御手段てやつも作っておきたいじゃん。可愛い娘はそれで守ってあげたいじゃん。とくにレマはすぐなついちゃうからなー。お父さんは心配なんですよ」

「まずおまえの頭を心配しろよ」

「ちなみに、ユダくんの罪痕の能力が主人公のわりにかっこ悪いのも俺の発案です。腐らせる能力だって、ぷぷぷぷぷどう見ても悪役だよね」

てめえこの野郎。

神様はひとしきり笑った後で、銃口の先で額をぽりぽり掻《か》いて、深々とため息をついた。ため息が出るのはこっちなんだけど。

しょんぼりした顔で言う。

「さて。そんじゃ帰るか、せっかくの休日だし。殺せねえのにここにいてもしょうがないからな。また来年の聖金曜日、てめえを殺しに来るから覚悟しとけ」

「はあ……」

あっさり引き下がるもんだ。忙しそうだけど。

「あのう、いや、ほんとに、神様の力で、ぼくらの借金なんとかなんないですか。だってあんなの不当じゃないですか」

どう考えても場違いとは思いつつ、ぼくは言ってみた。神様は肩をすくめる。

「神だからってなあ。おまえ、シラーは読むか？」

「……いえ……」

「そうか。『オルレアンの乙女』っていうな、ジャンヌ・ダルクを題材にした戯曲があんの。その中にたいへんいいせりふがあるので教えてあげよう」

なんでえらそうなの？

「『たとえ神々でも、馬鹿を相手にした戦いはむなしい』」

「馬鹿はおまえだろうが！」

神様はげらげら笑う。それから急に真顔になった。

「そうだ。ひとつ条件を呑《の》むなら、エリとレマとの結婚を認めてやってもいいぞ」

「だから結婚なんてしませんてば。なに言ってんですか」

「したくないの？　俺が言うのもなんだけど二人とも可愛く育ったと思うし、胸もいい感じに育ったと思うし、おまえもいつも一緒に寝てて興奮しっぱなしじゃないの？」

天界はセクハラする人しかいないんですか？

「むしろ結婚してくれよ。前言撤回、お父さんからのお願いです」

「な、なんでですか」

「そしたら俺の義理の息子じゃん。借金引き受けてくれるだろ？」

「ふざけんなッ」

「実の父の借金は肩代わりするのに、将来の義父の借金は面倒見てくれないなんて、差別だと思うなあ」

「肩代わりしてません！　エリとレマの借金だって絶対払わないから！　あんたらの借金は自分の責任だろうけど、ぼくらのはちがうんです！　ていうか将来の義父じゃねえ！」

神様はにやにや笑って、ぼくの肩を叩く。

「正直になれって。だっておまえ、いつの間にか無期限でエリとレマと同居してんじゃん。もう記者会見秒読みってやつですよ」

「い、いや、それはっ」

「じゃあさ、ここで俺がエリとレマをまた引き取りますよって言ったら、おまえ納得する？」

「あんたみたいなのにまた預けられるか！」

「おーおー言った言った。『俺が守る！』ってか」

「そ、そういうんじゃなくてっ、もう、二人ともぼくの大事な家族だしっ、そんなの」

「でも、できちゃった婚は認めないからな。これでも俺、一応神様だから。十誡《じゅっかい》で『汝《なんじ》、姦淫《かんいん》するなかれ』って言っちゃったんだよなあ」

そのとき、ずっと後ろの方で枝を踏む足音がした。神父さんがぎょっとした顔になった。振り向くと、林の木々の間に、金色と銀色の髪をたなびかせて、駆け寄ってくる二人の少女の姿が見えた。ぼくも驚く。

「祐くんっ！」

レマがエリを追い抜いて、ぼくにほとんどタックルするようにして抱きついてくる。

「だ、大丈夫？　どこも撃たれてない？」それから神父さんをにらむ。「神父さま、ほ、ほんとに祐くんを殺しに来たの？」

神様は、自分の手にあった拳銃をあわてて隠した。

「あー、ええと、あはははは」

「今までどこ行ってたの、ばかーっ」エリが神様に詰め寄る。「久しぶりに顔見せたと思ったら、祐太《ゆうた》を、ほ、ほんとに殺しに来るなんてっ、なに考えてるの！」

「いやいや二人ともなに言ってんの？　殺そうとなんてしてませんよ、これはね、一応、娘の彼氏に挨拶しておこうと、父親としてね。そうだよね祐太くん？」

「銃弾の挨拶ならもらいましたけど」あと彼氏じゃありません。

「なんできみはそう、将来の義父の心証を悪くするかな！　披露宴《ひろうえん》で花束受け取るときに嘘泣《うそな》きしてあげないよ！」しなくていいよ！

「さっき銃声聞こえた！　それで捜しに来たのっ」

レマに動かぬ証拠を突きつけられて、神様はしおしおと小さくなる。こいつ、娘にはまったく弱いんだな。

エリは神様の神父服の襟をつかんで立たせた。

「なんで祐太を殺さなきゃいけないの？　正直に答えて！」

「それは、娘を他の男に奪われたくないという父親の複雑な」

「金のためだろうが。しれっと嘘つくな」

「祐くんになにかしたら、神父さままでも赦《ゆる》さないから！」

エリの手を振り払って後ずさった神様は、ずーんと落ち込んだ様子で、細い木の幹に額を押しあててうつむいてしまった。

「可愛い娘はみんなパパのことが一生大好きで、他の男なんて見向きもしないような世界を創造すればよかった……」人類殖《ふ》えないだろうが、それは。「ユダてめえ、俺のこの哀《かな》しみがわかるかっ、愛娘が二人ともっ、父親よりも他の男を守るって言ってんだぞ！」

「喋ってるのがあんたじゃなきゃ、ちょっとはわかるかもしれませんけど……」

「もういい。お父さんはまた旅に出ます」

神様はふらふらと林の奥へ歩き出した。

「ちょ、ちょっと待って神父さま、またどこか行っちゃうの？」

レマがぼくから離れて、真っ黒な背中に駆け寄る。

「いいんだレマ、俺のことはほっとけ。そこの佐倉祐太はな、さっきすごいこと言ったんだぞ。

俺がエリとレマをまた引き取るって言ったらどうする？　って訊いたら」

「え、あ、わ、ちょっと待て！」

「もうとっくに二人ともおれの嫁だ！　って」

「言ってないよ！　部分的に捏造《ねつぞう》すんなよ！」

「……じゃあなんて言ったの？」

ぎゅううっとエリがぼくの二の腕をつかんで、真剣な目つきで顔をのぞき込んでくる。

「え、ええと、その」

「じゃあな。来年、孫が生まれた頃にまた来ます」

生まれないよ！　でも、つっこもうと思った瞬間、神父さんの姿は消えた。ほんとうに、煙も残さずに、ぱっと消えてしまったのだ。


「もう、神父さまもうちに来ればいいのに……」

さっきまで神様が寄りかかっていた木を見つめて、レマがぽつりと言う。ぼくとしてはあんなのが押しかけてくるのはお断りだったけど、黙っておく。

「たまに電話くらいよこせばいいのに。ほんと不精者なんだから」

エリも憎まれ口。でも、姉妹と神様は、長い間、家族だったのだ。心配してるんだろう、これでも。

「……また来年って言ってたよ。聖金曜日は、ひまがあるんだろうし。また逢えるよ」

そのたびにぼくを殺そうとするのは、さすがに困るけど。その頃にはみんなの借金、なんとかなったりしてないかなあ。

「それで、なんて答えたの？　さっきの質問。まさかほんとに」

エリがぼくの腕にきつく爪を立てた。忘れてなかったのかよ！

「わたしも聞きたいな」

レマもぼくの右腕を両手でぎゅっと抱いた。

「え、ええと」

二人とも、ぼくの大事な家族だし。って、そんなことを、面と向かっては言えない。

「嫁とかどうとかって神父さまが言ってたけど、どういうこと？　わたしは、祐太に、ちゃんと説明してほしいな」

エリさん目が怖いですよ？

そのとき、大聖堂の方から、パイプオルガンの高らかなコラールが聞こえた。ぼくにとっては文字通りの、救いの調べ。

「ほ、ほら、リハーサル！　抜け出してきちゃったんだろ、早く戻らないと！」

二人の腕をぐいっと引いて、ぼくは大聖堂の方に向き直る。

なるべく顔を見られないように。

「こら、祐太、ごまかさないの！」

「祐くん、神父さまが義父とか言ってなかった？」

「なんでもないってば！」

なんとかその場をやり過ごしたかったけれど、ぼくはもう祈るべき神様がいないのを知っていた。それなら、自分の足で歩かなきゃいけない。

ねえ神様、あんたの娘は二人とも、ぼくが守る。ぼくもこの二人に守られてばかりだけど。

家族って、そういうものじゃないのかな。

だから、この手は離さずに――

ぼくは、天国の音楽が鳴り響く方へと、歩き出した。


〈了〉

あとがき

この小説は、僕がはじめて書いた、現代異能《いのう》バトルアクションです。キリスト教をモチーフにしており、神魔《しんま》にまつわる存在たちの生まれ変わりが、それぞれの能力を駆使して苛烈《かれつ》な戦いを繰り広げます。裏表紙のあらすじのどこをどう読んだらそんな話になるんだとお怒りの方もいるかもしれませんが、そうなのです。そういうことにしておいてくれないと、買った資料が無駄になってしまいます。

これまで僕は、小説を書くときに資料となる本を一冊も買ったことがありませんでした。いつも貰《もら》いものや有りもので済ませるかネットで調べていたのです。今回ようやく何冊か買うことになったのですが、こんな話でいったい資料をなにに使ったの？　と読み終えた方は思うでしょう。事実その通りで全然使いませんでした。しかも、ある人に「なに買ったの？」と訊かれて『失楽園』と答えたら「今度は不倫ものなの？」と驚かれてしまい、「不倫《ふりん》もの書くなら本なんて買わずに実際に不倫するわ！」と強気で言い返すこともできず、枕を涙で濡《ぬ》らしながら布団の中でミルトン先生に百回くらい謝ったりました。

こうしてうちの本棚にはほとんど読みもしない本がまた増えたわけです。なぜ買ってしまったのかというと、おそらく「自分は仕事をしている」という言い訳に使いたかったのでしょう。

資料本をぱらぱらめくっていると、なんだか仕事をした気になります。スケジュールの組み方がよくわかっていなかったので、例によっていっぱいいっぱい、現実逃避《げんじつとうひ》に必死だったのです。よく書き上げられたなあと自分でも思います。

しめきり一週間前に徹夜麻雀《マージャン》をしたり、しめきり前日にも徹夜麻雀をしたり、書き上がらないまましめきりを過ぎても徹夜麻雀をしたり、とダメ人間まっしぐらだった僕をいつも原稿に引き戻してくれたのは、ゆでそばさんのイラストでした。原稿がまだ全然書き上がっていないのに、キャラデザや表紙がどんどん仕上がっていくというのを、今回はじめて経験しました。

この表紙は、まだ半分くらいしか原稿が進んでいない状態ですでに完成していたのです。PCの壁紙にして二十秒に一度くらい眺めては、「このイラストに応えられるものを書かなくては」と、なんとか気合いを入れ直してキーボードを叩いたものです。普通逆じゃないのかと言われると返す言葉もありません。

そんなわけで、ゆでそばさんには大変お世話になりました。足を向けて寝られません。この場を借りて厚く御礼申し上げます。ほんとうにありがとうございました。次回からはもっと余裕のあるスケジュールにします……。

二〇〇八年　六月　杉井光

さくらファミリア！

杉井光

発行　二〇〇八年八月十五日　初版発行
発行人　杉野庸介
発行所　株式会社　一迅社
〒一六〇－〇〇二二
東京都新宿区新宿二－五－十　成信ビル八階
電話　〇三－五三一二－七四三二（編集部）
〇三－五三一二－六一五〇（営業部）
装丁　kionachi（komeworks）
印刷・製本　株式会社　暁印刷

一迅社文庫

 Printed in Japan　ISBN978-4-7580-4012-9 C0193

作品に対するご意見、ご感想をお寄せください。

〒160-0022 東京都新宿区新宿2-5-10 成信ビル8階　株式会社 一迅社 ノベル編集部
杉井光先生 係／ゆでそば先生 係